军地俱乐部丛书

策划·金永吉　主编·金东云

平面设计
入门与提高

Approaching Plane Figure Design And Improvement

金　成　崔正浩◎编著

U0133005

蓝天出版社
Blue Sky Press

图书在版编目（CIP）数据

平面设计入门与提高 / 金成 崔正浩编著. —北京：蓝天出版社，2010.3

ISBN 978-7-5094-0292-4

Ⅰ．①平… Ⅱ．①金… ②崔…Ⅲ. ①平面设计 Ⅳ. ①J506

中国版本图书馆CIP 数据核字(2010) 第041632 号

出版发行：蓝天出版社

地　　址：北京市复兴路 14 号

邮　　编：100843

电　　话：010-66987132 010-66983715

经　　销：全国新华书店

印　　刷：中煤涿州制图印刷厂北京分厂

印　　数：1－5 000 册

开　　本：16 开

印　　张：8.25

版　　次：2010 年 8 月第 1 版

印　　次：2010 年 8 月北京第 1 次印刷

定　　价：29.80 元

目 录

CONTENTS

001

平面设计
入门与提高

Approaching
Plane FigureFigure
And Improvement

概

述

　　人们不断追求美丽、寻找美的理念，汇集于现代，便构成形态美和技能美的一致性。将某种变化与造化，抑或是正直的形态，通过某种手段进行表现的形式叫做"Design"。"Design"作为外来语,在国内起初被译作"设计",并延用至今。"设计"一词在如今的社会生活中被应用的频率很高，被应用的对象也很普遍。Design 这个单词的语源是拉丁文"Designare"，与法文"Dessin"是同一个意思。

　　换句话说，这意味着"意匠•图案•画"是有意图的计划及设计，或是具象•抽象等广义的造型计划。这表明设计是人为的、有目的性的创作行为，是为了人类思考或人类所拥有的形象——"想象力（Imagination）"的造型改善而追求的新的想法。而且这是我们生活环境的造化，是"Aanlance"把"规律（Rhythm）"加工后形成的形态空间进行创造的人类生活的一个方面。

　　从另外的角度看造型和设计的原理，即以人类生理学上愉快与否这一原动力为出发点，追求所有人的共同的美的恒常性，也就是说，美的构成是每个人都可以热爱的事情。美的构成要有创作意图，即使每个人的表现样式都不一样，也不能失去其客观性。所以从美的恒常性与内在设计的许多原理来看，设计需要独创性的视觉上的满足感。设计需要适当的变化和单纯性（Simplification）以及能形成好感的造化性（Harmony），即设计中涉及的所有元素都应当是均衡的构成。特别是实践构成和经过设计教育准备，20世纪初约翰•伊顿（Johannes Itten）在德国魏玛市（Weimar）的包豪斯（Bauhaus：公立包豪斯学校）建立了设计专业的色彩教学的基础架构，这使之成为现代设计构成的创始人。在那之后莫霍利•纳吉（Moholy Nagy）确立了更加完善的构成和造型设计的原理。

　　当今的设计，除作为产业设计创始人约翰•伊顿之外，瓦尔特•格落皮乌斯（Walter Gropius）所做的功绩也不能忽视。同时绘画专业的皮特•蒙德里安（Piet Mondrian）和康定斯基（Kandinsky）认为"面的分割"是美学精粹，主张以点、线、面、色四大造型元素来表现客观实体。20世纪初的非构成化，为现代设计的创新起到了示范作用。

皮特·蒙德里安的"红与青的"和百老汇的"布吉侣吉曲"等都是我们现在家具设计分割方法中最基本、最常用，且较为普遍的造型方法。皮特·蒙德里安和康定斯基是20世纪最早的几何学构成艺术的创始人。值得庆幸的是，为了避免纳粹的镇压，康定斯基移民到巴黎，蒙德里安移民到伦敦且继续创作生涯。康定斯基在瑞士辞世，而蒙德里安在纽约结束了他富有意义的一生。

这两位前辈所设立的构成和设计基础造型的根本要领，对所有造型领域的工作人员、现代设计师或设计学研究者都具有很大的意义。

继这两位创始人之后，当今新兴起的产业设计涵盖了更加广泛的范畴，重新界定了产业设计的定义，为与产业设计师及我们的生活密不可分的这一原理奠定了基础。产业设计就是将创造、追求更好的环境和生活的人类心理，同物质上能够满足的一种文化创造行为相结合，也是把人类做出的人工的物体(Man-made object)进行改变、完善的工作。这个过程可以定义为视觉设计、环境设计等。更确切地说是产品设计。

针对基础设计的形态构成、基本视觉要素和基本指针等，提出了基本设计（Basic Design）的很多种方法论。从一般的认识上，我们把它分为平面视觉造型和立体造型两大类，并把这两大类作为基础继续钻研。平面形态构成、视觉传达设计的基础造型过程、基础空间的构成等，都是为产品、环境设计的立体造型做练习的，它们是产业设计的主干，也可以说是产业设计的根本。

如果说设计是一种有目的策划，那么平面设计则是这一策划中将要采取的主要形式之一。平面设计是通过文字和图形将信息传递给大众，让人们通过这些视觉元素来了解设计师的设想和计划的。平面设计师所担任的角色是多样的，平面设计代表着一种刺激消费的手段。客户需要设计师用感情去打动消费者，所以平面设计是一种与特定目的有着密切联系的艺术。

第 **1** 章

平面设计概念与主要内容

本章要点

- 平面设计的基本概念
- 平面设计的主要内容

第一节　平面设计的基本概念

平面设计是商业社会的产物，是科学与艺术的融合，它在商业社会中扮演着艺术设计与创作理想的平衡支点。

平面设计是以文字、符号、造形来塑造美感，捕捉、传达意象，传达意念与企图，进而达到沟通与说服效果的一门学科。虽然我们每个人对美感都有不同的看法，但毋庸质疑的是，设计要塑造美感，特别是平面设计。

平面设计要精益求精，不断完善，需要挑战自我，所以平面设计永远没有"最好"的定论。平面设计的关键在于创意和发现，只有经过不断深入地感受和体验才能达到另一个高度，而对于平面设计师来讲，视觉感染大众才是主要任务。平面设计是将多种元素进行有机化组合的艺术。它是通过色彩构成，图形创意，字体设计等元素细致地组合来打动人心。平面设计师更应该具有严谨的态度，这样的设计才能更容易引起人们心灵的震动。

设计分类中的平面设计：设计可以分工艺美术，工业设计，建筑设计和服装设计，其中视觉设计（平面设计）属于工业设计范畴。

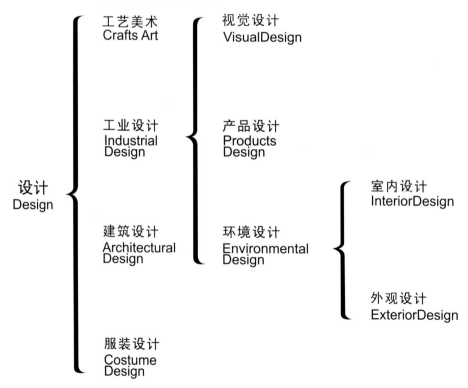

003

平面设计
入门与提高
Approaching
Plane FigureFigure
And Improvement

有关工业设计的三个方面：

（1）视觉设计

所谓视觉设计是大众传播媒体（mass media）的一种，即印刷媒体的前身，也可以说是图形设计。就此而言，与"视觉设计"相比，"视觉传达设计"更加贴切。现在则更为广泛地涉及音频传播影像媒体的幕间广告等范围。

视觉设计这一广泛的领域可以分为以下三种。

第一，广告设计；第二，展示设计；第三，登录系统设计等。 广告设计主要是通过印刷展现设计内容的。如果将以上三个方面更加细分，属于广告设计的有：海报、宣传册、名录、手册、杂志、装帧、DM、报纸、记录夹克、日历、票券、目录、包装设计、POP；属于展示设计的有：展示、陈列、编排、展示设计、纪念牌、拱形门设计等；属于登录系统设计的有：霓虹灯设计、灯饰设计、室外广告牌设计等，另外还包括公园或是公共设施的形象文字设计等。

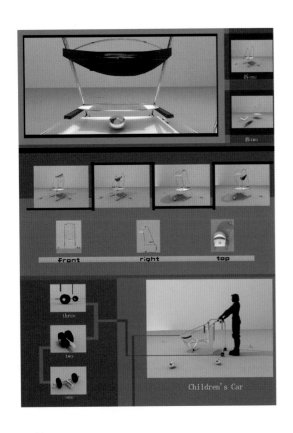

（2）产品设计

产品设计在产业设计的范畴中是最重要的，它能够形成分析主次的体裁。产品设计的范围，广义上可分为容器设计、机器工具设计、医疗器具设计、厨房器具设计、杂货设计、文具设计、车辆设计、家具设计、纤维制品设计、玩具设计等。在韩国，产品设计属于发展迅速的一项流行艺术。在发达国家，商品的出口是设计范围不断扩展和技术不断发达的主要原因。在生活日用品、飞机、火箭等领域也会涉及产品的设计。

人们常常认为 21 世纪是讲究效率的时代，高度发达的产业社会是随着必要产品（Need Products）的必然要求而形成的。在我们的生活中，虽然许多领域，如用具、机器、运输、流通等，机械学的发展十分重要，但是产品设计的技术和装修也是其高速发展的必要的条件。

（3）环境设计

环境设计的范围可以分为城市环境设计和居住环境设计两大类，城市环境设计包括城市计划设计、街道环境设计、城市公园设施设计等，还包括道路美化、交通指示牌设计、路标等。居住环境设计包括室内设计，室外或庭院的设计属于外包装设计。室内设计的内容包括室内装修和室内装饰的设计，包装设计的内容包括室外与庭院关系的设计。居住环境设计里包括室内设计。在环境设计中关于城市环境美化的设计备受关注。在欧美，特别是在发达国家，要成为城市计划专家或城市环境设计师，都需要掌握大量的设计理念，持有创意的设计方案。

最近一段时期，超级图形被大量使用于设计实践中。超级图形设计是指把一座建筑物的墙面形象化，或应城市美观和景观的需要把墙壁以绘画类型等形式来进行造型。超级图形亦属于平面构成，因此，要想成为优秀的图形设计师，首先应当认真学习视觉造型的要素。

005

平面设计
入门与提高
Approaching
Plane FigureFigure
And Improvement

第二节　平面设计的主要内容

1. 标志设计

2. CIS 设计、VI 设计

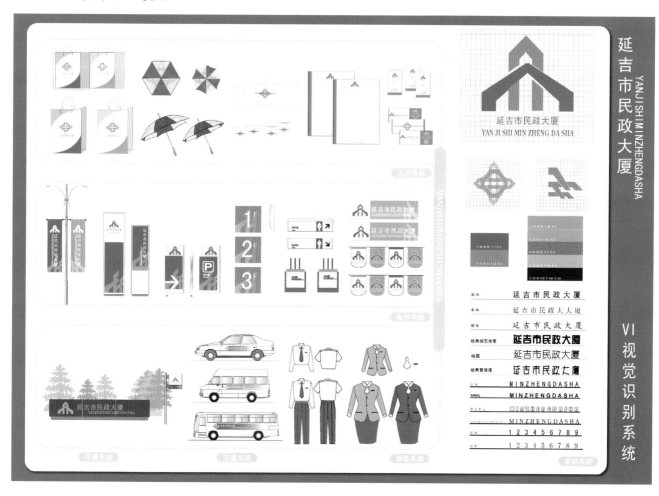

3. 广告设计、广告创意设计

4. 海报设计

5. 样本设计、宣传手册设计、画册设计

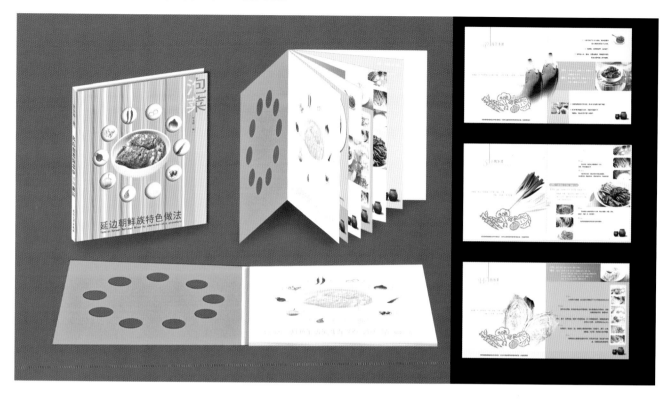

6. 装帧设计、年报设计

7. 包装设计

009

平面设计
入门与提高
Approaching
Plane FigureFigure
And Improvement

8. 书籍插画设计、贺卡设计、请柬设计

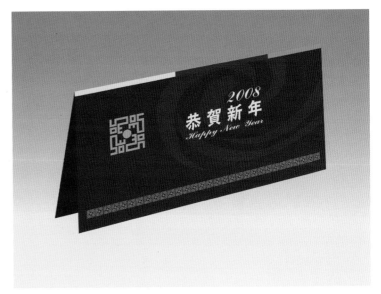

011

平面设计
入门与提高
Approaching
Plane FigureFigure
And Improvement

9. P. O. P

10. 展示设计

第 2 章

平面设计基础
构成原理与形式

本章要点

- 平面构成的概念与基本元素
- 平面构成的基本规律与形式

第一节　平面构成的概念与基本元素

平面构成的概念

平面构成是视觉元素在二维的平面上按照美的视觉效果和力学的原理进行编排和组合的，它运用理性和逻辑推理来创造、研究形象互相之间的排列。它是理性与感性相结合的产物。

平面构成的基本元素

（1）概念元素：所谓概念元素在现实中是不存在的实体，即看不见摸不到的，但存在于人们的意识或意念中，可以感觉或感知。例如，通常我们看到三角形，会感觉尖角上端有个点；观察某物体，会看到物体轮廓上面有边、缘、线。这些都属于概念元素，概念元素包括：点、线、面。

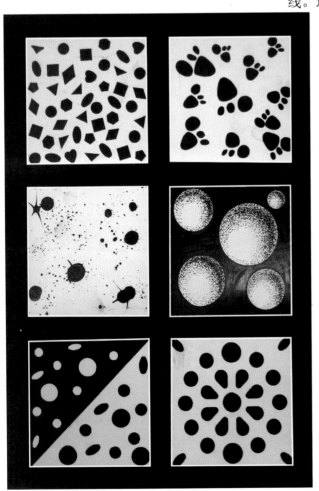

点

线

015

平面设计
入门与提高
Approaching
Plane FigureFigure
And Improvement

（2）视觉元素：概念元素如果不运用到现实设计中，它将失去概念元素本身的意义。一般情况下视觉元素是概念元素得以体现的载体，视觉元素包括图形的大小、形状、色彩等。

（3）关系元素：视觉元素在画面上如何组织，如何排序是由关系元素决定的。关系元素包括：方位、位置、空间、重心等。

（4）实用元素：实用元素是指设计所表达的内涵、功能及意图。

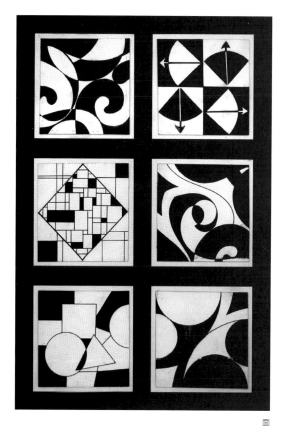

面

第二节　平面构成的基本规律与形式

平面构成的基本规律

平面构成中的主要美学原理是对立与统一规则和对称与平衡原理共同形成了平面构成的美学基础。对称与平衡可以看做是一切美学原理的基础，其他的原理都可以看成是这一基本原理的派生。对称与平衡原理，以及由此而派生出来的韵律与节奏、渐变与突变原理成为平面构成形式美的理论依据。

● 变化与统一

在变化中谋求统一，在统一中寻求变化，这就是形式美的总的规律。

对立统一的规律是世界万物发展的规律，日常生活中的一切客观事物或自然现象，如太阳东升西落、昼夜的交替更变、月亮的阴晴圆缺、生物的滋生死亡等，无不受对立统一规律的支配。为了增添审美情趣，避免雷同图案的单调乏味，人们的潜意识要求必须设计出富于变化的图案。

变化，是指由性质相异的形态要素并置在一起所造成的显著对比的感觉。如方形与圆形的对比、直线与曲线的对比等。变化就能丰富多样。对丰富的追求也是人类的天性，这种丰富是有规律的多样的丰富。所以，人们可以从比较复杂而带有基本规则的图形上获得审美感觉。

统一是指由性质相同或相似的形态要素并置在一起，造成一种一致的或者具有一致趋势的感觉。统一并不只求形态的简单化，而能使各种多样的变化的因素具有条理性和规律性。

一件完整的设计作品，必须使构成整体的各个局部之间存在一种有机的、必然的联系。初学者在设计思维过程中往往缺乏这种统一整体的观念，在设计过程中往往只看重将各个局部拼接起来或仅仅局限于某一部分的观察与表现，忽略了整体的统一与协调。即便把某个局部处理得具有一定"美感"，如果这个局部与整体的其他部分不和谐，格格不入，那就谈不上具有形式的美感了。

● 对称与平衡

对称与平衡原理是最基本的美学原理，它源于人的内心，符合人们最朴素、最古典的审美规范，最能使观者的心里得到慰藉，感到舒适与安全。有了对称与平衡，就有了美的基础。其他的美学原理都是在这一基础上演变而来的。

对称，就是在对称轴、中心点、中心线的两边或四周形成相等、相同或者相似的内容。

对称的设计在我们的日常生活中是十分常见的，但并不是说只要是对称的，就是完全一样的，对称有绝对对称与相对对称两种。绝对对称是完全相同，古典的对称方式大都如此。绝对对称的方式看起来非常匀称、平衡、稳定，给人以平和、庄重的美感。而相对对称则允许有更多的变化，形成等形不等量或等量不等形的现象。相对对称设计在严谨的风格中寻求变化，更符合现代人灵活多变的审美观点和审美感受。

平衡是通过各种元素的摆放、组合、排序等，使得观者达到感受上的平衡。画家在作画时，有时候会说："画面太空了"、"画面太重了"、"画面不稳"……其实，这就是在寻求一种平衡。对称与平衡是不同的两个概念。对称是通过形式上的相等、相同与相似给人以"严谨、庄重、平和"的感受，而平衡则是通过适当的组合使画面呈现"稳"的感觉。平衡的应用相对于对称来说显得无规律可循，它更注重一种心理上的感受。把构成图案的各个元素组合在

017

平面设计
入门与提高
Approaching
Plane FigureFigure
And Improvement

一个画面中，然后在图案中找到一个视觉重心，稳妥了，便平衡了。

● 韵律与节奏

与对称和平衡的原理相比，韵律与节奏更富有浪漫色彩。要想更好地理解这一原理，必须将所有的美学原理融会贯通。

自然界中的万事万物，无一不蕴涵着美的因素，而这些美的因素其本质都是相同的。换种思维方式，就可以把图画当成音乐来欣赏，实现感官和视觉双方面的美的享受。平面构成中的韵律与节奏和音乐中的韵律与节奏，其美学内涵是完全一致的。音乐的韵律与节奏通过不断重复的节拍以及重复中的变化音调给人以美的感受。同样，平面设计的韵律与节奏也建立在重复的基础之上。节奏可以看成是音乐的拍子，也就是一种重复。重复的对象给人一种有秩序的和谐统一的感受。而在这一节奏中所产生的韵律变化，则能够使人产生不同的心理感受。强烈的音乐给我们以心灵震撼，舒缓的音乐给我们以心灵慰藉。现代设计也充分运用了这一美学原理，使作品呈现出音乐般的美的感受。

● 渐变与突变

渐变与突变也是在重复中产生的，它与前面的韵律、节奏相似，可以看成是对同一个美学原理的不同角度的理解和延伸结果。韵律与节奏强调的是重复中的相同，而渐变与突变强调的是重复中的变化。

渐变指各元素在设计中所呈现出来的形状、体积、色彩的逐渐变化。形状变化可以将设计意图融入其中。体积变化通常可以呈现出画面的空间感、景深感，而且能使最终变大的对象得以凸显。色彩变化最具有美感，它有色相变化、明度变化、纯度变化等三种形式，渐变的色彩给人以舒缓放松的视觉感受，也能让人拥有饱满的精神感受，从而避免冲突的感觉。

突变指在重复和相同的元素中，突然出现异样的一部分，或者出现很大的变化，这些很大的变化和异样，与其他重复和同类的内容形成对比。突变的目的是使观者把目光集中到这个突变的元素上，增强趣味性。在广告设计领

域，有时需要把突变元素运用到所要强调的对象之上，来凸显广告的趣味，从而吸引更多的消费者。

平面构成的基本形式

平面构成的基本形式有重复构成、渐变构成、发射构成、特异构成、对比构成、密集构成、肌理构成等。

● 重复构成

重复的一般概念是指在同一设计中，相同的形象反复出现两次或两次以上。重复是设计中比较常用的手法，运用重复构成的形式作出的作品，其画面可以自然营造一种极富规律的节奏感，使得画面形成统一又不失微妙的情趣变化，可以给观者更加深刻的印象。所谓相同，在重复的构成中主要体现在形状、颜色、大小等方面。重复的概念中有基本形，是用来作重复的形状的，每一个基本形为一个单位，然后以重复的构成手法进行设计。基本形不宜复杂，简单概括为宜。

019

平面设计
入门与提高
Approaching
Plane FigureFigure
And Improvement

第2章 平面设计基础构成原理与形式

● 渐变构成

　　渐变是一种常见的手法，日常生活中随时随地都可以感受到。例如，在行驶的道路上我们能够感受得到树木由近到远、由大到小的渐变。

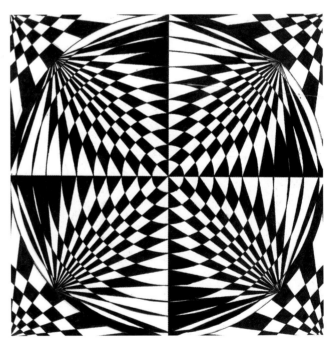

021

平面设计
入门与提高
Approaching
Plane FigureFigure
And Improvement

● **发射构成**

发射具有方向上的规律性，发射中心是最重要的视觉焦点，所有的发射线从四周集中，或由中心向四周散开。有时会造成错觉，就像激光四射或产生爆炸的感觉，具有强烈的视觉效果。发射是一种常见的自然现象，例如，水龙头喷出的水就是发射形式。

发射的分类

（1）中心点发射：由中心点向外围的喷发或由外围向中心点集中的喷发。

023

平面设计
入门与提高
Approaching
Plane FigureFigure
And Improvement

（2）螺旋式发射：螺旋的基本形是通过旋转缠绕的排列方式产生的，旋绕的基本形逐渐扩大形成螺旋式的喷发。

（3）同心式发射：同心发射是以一个视觉焦点为中心，向四周层层环绕地发射，如箭靶的图形。

025

平面设计
入门与提高

Approaching
Plane FigureFigure
And Improvement

● 特异构成

特异是指构成要素在有次序的排列关系之中，有意违背原有的次序排列，使得少数个别的构成要素突出，形成对比，以打破原有规律性特点形成特殊的视觉效果。

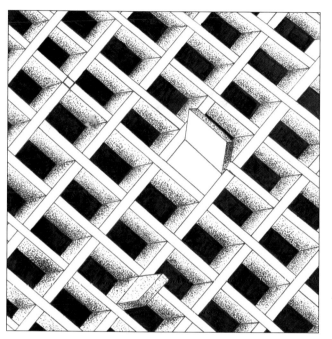

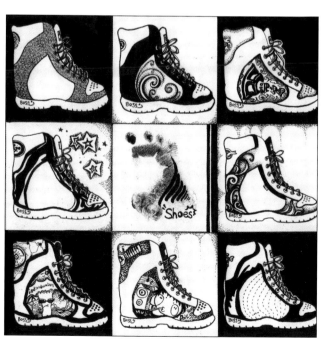

● 对比构成

对比有时是形态的对比，有时是色彩和质感的对比。对比可产生明快、肯定、强烈的视觉效果，给人以深刻的印象。自然界也处处隐含或者体现着对比。天地、陆海、红花、绿叶都是对比的现象。构成对比的关系包括：大小、长短、明暗、锐钝、轻重等。

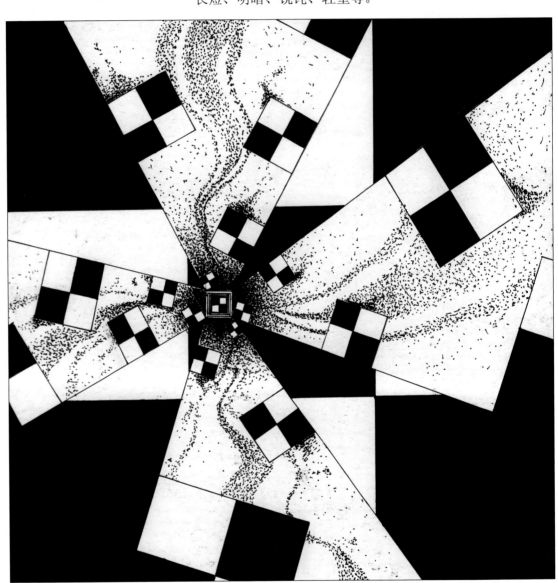

027

平面设计
入门与提高
Approaching
Plane FigureFigure
And Improvement

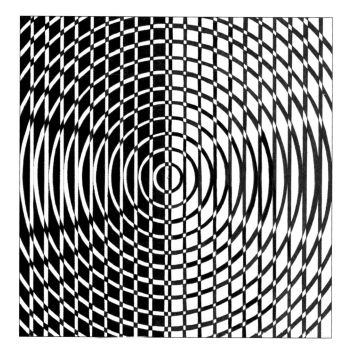

● **密集构成**

密集构成也叫做聚散构成。在设计中，密集是一种常见的组织画面的构成手法，基本形在整个画面的构图中可以自由聚散地布局，有疏有密。通常，画面中最疏松或最密集的地方会成为整个设计的视觉焦点，在画面中形成对比，利用基本形数量的排列可产生松紧、虚实、疏密的对比效果。

密集构成中，基本形一般可采用具象形、抽象形、几何形等，基本形的面积小，数量多，容易产生密集的视觉效果，基本形的形状可以是相同的或相似相近的，在大小和方向上也可适当有所变化。

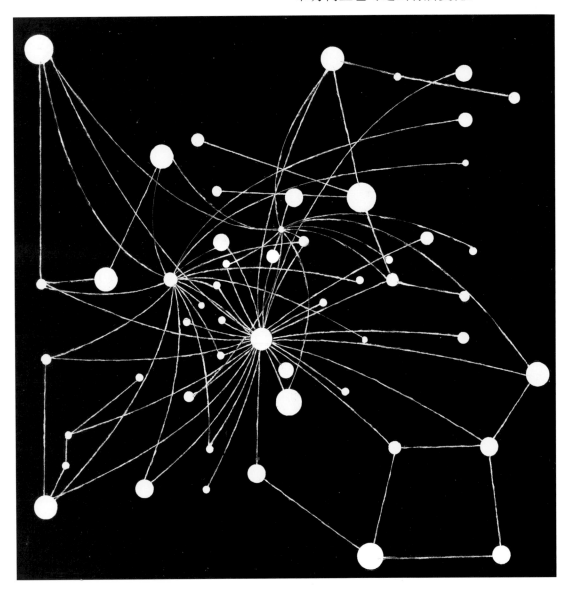

029

平面设计
入门与提高

Approaching
Plane FigureFigure
And Improvement

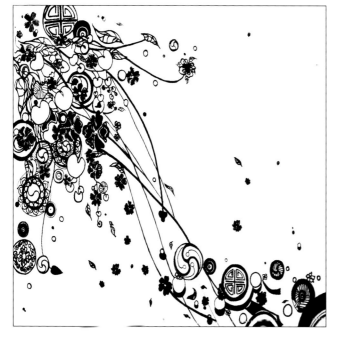

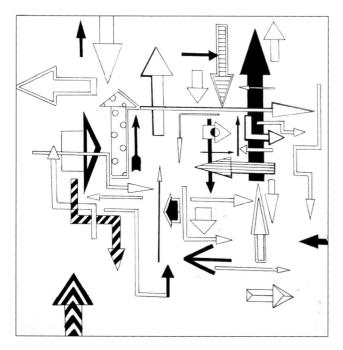

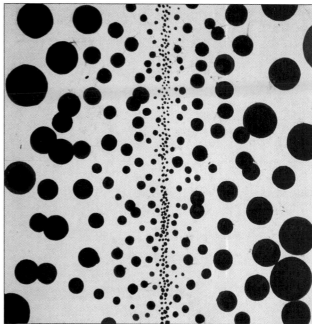

● 肌理构成

肌理又称质感。由于物体的材料不同，表面的排列、组织、纹理、构造的不同，而产生粗糙、光滑、软硬、凹凸等感觉就是肌理构成。

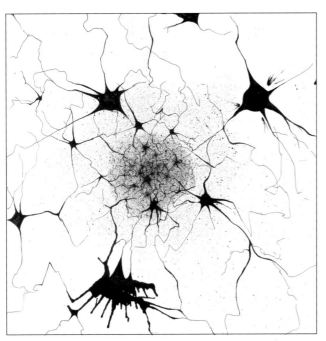

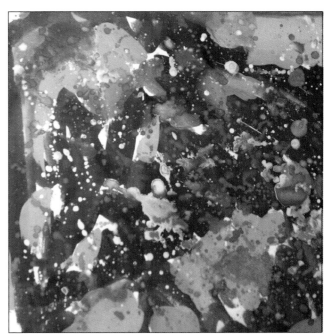

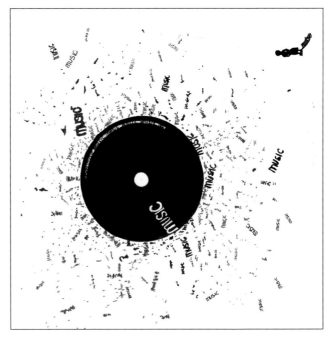

第 **3** 章

色 彩 构 成

本章要点

▓ 色彩构成的概念与基本要素

▓ 色彩构成的对比与推移

第一节 色彩构成的概念与基本要素

色彩构成的概念

利用色彩在空间、量与质上的可变幻性，按照一定的色彩规律体现各个构成要素间的相互关系的色彩创造过程就是色彩构成。色彩构成以创造出新的、理想的色彩效果为目的，运用科学分析的方法，以人对色彩的知觉和心理反应为出发点。它是一种把复杂的色彩现象还原为最基本的要素的一种方式。

色彩构成的基本要素

任何一个"有彩色"都具备色彩的三要素，即色相、明度和彩度。但是，"无色彩"（黑、灰、白）只有色相和明度两个要素。

色彩的名称被称为色相或色度，颜色的明暗程度称为明度。当我们眯起眼睛来辨识颜料时，可以发现颜料本身具有明暗的差异。颜色的鲜艳度（色彩的纯度）叫做彩度。任何颜色，其纯度越高，彩度也随之越高。

色料的原色不能经由混色形成，原色包括红色、黄色、蓝色三种。其他色彩则由这三原色混合起来构成。色光的原色为红色、绿色、蓝色。由这三原色相互混合出来的色彩称为"次色"，可以形成绿色、橙色、紫色。再由原色与相邻的次色相混合成的颜色称之为"间色"，可形成黄绿色、黄橙色、蓝绿色、蓝紫色、红橙色、红紫色。将原色、次色和间色依照相混的顺序排列成环状造型的叫做"色环"。

第二节 色彩构成的对比和推移

色彩构成的对比

色彩对比就是指参与并置的颜色相互排斥、相互衬托效果。由于每种颜色都要与其他颜色相互依存，其他颜色

033

平面设计
入门与提高
Approaching
Plane FigureFigure
And Improvement

成为这块颜色的环境色，因此，两种以上色彩元素并置时会带来两种不同的视觉感受，肯定会产生对比效果。

● **无彩色对比**

（1）无彩色对比：黑与白、黑与灰、中灰与浅灰，或黑与白与灰、黑与深灰与浅灰等虽然没有色相对比，但这种组合所产生的对比效果能够让人感觉到大方、庄重、高雅，而且富有现代感。具有较高的实用性，但掌握不好也易产生单调感（表现得过于素净）。

（2）无彩色与有彩色对比：黑与红、灰与紫，或黑与白与黄、白与灰与蓝等的对比效果是，感觉既大方又活泼。无彩色面积大时的感受偏于高雅、庄重，有彩色面积大时表现得更加活泼。

（3）同种色相对比：同种色相对比是指一种色相的不同明度或不同纯度变化的对比，俗称姐妹色组合。如蓝与浅蓝（蓝-白）色对比，橙与咖啡（橙-灰）或绿与粉绿（绿-白）与墨绿（绿　黑）色等属于这一类。对比效果有统一、文静、雅致、含蓄、稳重的感觉，但也易产生单调、呆板的感觉。

（4）无彩色与同种色相对比：如白与深蓝与浅蓝、黑与橘与咖啡等对比属于无彩色与同种色相对比。其效果综合了（2）和（3）类型的优点。感觉既有一定层次，又显大方、活泼、稳定。

无彩色对比

色相对比

明度对比

明度对比

● 色相对比

色相对比是指由于色相的差别而形成的色彩对比。对比最强烈的是补色或三原色纯色的搭配，它最能体现色相对比感。一块纯颜色和白色、黑色或者灰色混合后，其色相不变，但产生了明度和纯度的变化，使同一色相变化更加丰富。这样会使明度提高或者降低，也会使彩度下降。由此带来色相的淡化，色相感觉变得模糊。

● 明度对比

明度对比指的是不同明度的色彩组合在一起，产生不同的视觉效果和心理反应。明度对比不只限于两种颜色，也包括多色相和多纯度组合。

明度的基本构成一般叫做"三大调九变化构成"，也叫做"明度九调构成"，即将九级明度序列分割为三段。首先，划分出高明调、中明调、低明调三个大调。然后，再安排各个大调中不同强弱的小对比，使每一大调中出现三种变化，以此完成三大调九变化构成。在明度九调构成中，面积最大的是基色，其次为陪衬色，面积最小的是点缀色。

明度对比大，给人一种清晰、激烈和有冲击力的感觉；中调的明度对比给人一种饱满、丰富、含蓄有力的感觉；明度整体较亮,给人一种柔和、欢快的感觉,但也带有不足感。

明度对比

035

平面设计
入门与提高
Approaching
Plane FigureFigure
And Improvement

● 纯度对比

纯度对比指色彩鲜艳与混浊的对比。

变化纯度的方法：

（1）纯色加白色：提高明度，同时降低纯度；

（2）纯色加黑色：降低明度，同时降低纯度；

（3）纯色加灰色或同时加黑、白二色：淡化色彩，降低纯度；

（4）纯色加互补色：随两块纯色的比例逐渐走向均等，增加其灰度，直至无彩色；

（5）纯色同时加进三个原色：降低纯度的同时还可以调出极其丰富的各类灰色。根据加入比例的变化，可以调出红味灰、黄味灰、蓝味灰、绿味灰、橙味灰等。

凡是灰色，一定含有三原色素，其灰度由三者的比重而定，比重越均等，其纯度越低。要取得各种纯度的对比效果，可以从纯度序列中进行不同段落的色彩配合或不同长短间隔的色彩配合。

把纯度序列分成三个采区，靠近纯色一方为高彩区，靠近无彩灰一方为低彩区，中间段为中彩区。用高彩区域的颜色配合构成高彩调（鲜艳色调），用中彩区域的颜色配合构成中彩调，用低彩区域的颜色配合构成低彩调（灰色调）。

纯度的对比构成分为"强纯度对比"、"中纯度对比"和"弱纯度对比"。

（1）强纯度对比：纯度对比差大，一般占有纯度序列全域，色彩鲜明；

（2）中纯度对比：纯度对比差适中，一般占有纯度序列 2/3 的区域，色彩温和舒适；

（3）弱纯度对比：纯度对比差小，一般占有纯度序列 1/3 的区域，色彩模糊，尤其是在低彩区更加柔弱。

● 冷暖对比

概括人对色彩的冷暖感觉，可以解释成两个原因。第一，由心理联想转向生理感觉。例如，太阳、火等都是橙红色的，当人们看到橙红色就能产生温暖感；海水、冰雪、月夜都是蓝青色的，当人们看到蓝青色就会产生寒冷的感觉，这些感觉就是心理联想后的条件反射。第二，从物理

第 3 章　色彩构成

纯度对比

冷暖对比

冷暖对比

的角度来看，长波的暖色光源热能多，而短波的冷色光源热能少。白炽灯发出的橙黄色是暖光，日光灯发出的则是偏蓝紫色的冷光。

冷暖对比可构成冷、中、暖三大调，每大调都有两种变化，这样可以变成六种冷暖对比调，各有不同的特点：

（1）类似性暖色调构成，全部由暖色系色彩组合而成；

（2）对比性暖色调构成，大面积暖色构成基调，再加入小面积冷色；

（3）类似性冷色调构成，全部由冷色系色彩组合而成；

（4）对比性冷色调构成，大面积冷色构成基调，再加入小面积暖色；

（5）紫色系为中间色调构成；

（6）黄绿色系为中间色调构成。但是要注意中间色系在色环上有两段冷暖过渡带，即紫色系和黄绿色系，这两个色系都给人以温和舒适的感觉。值得强调的是紫色系和黄绿色系是互补色的性质，不宜同时用于同一个画面，否则，色相的强度对比会破坏它们中间色系的柔和效果。

冷暖对比

037

平面设计
入门与提高
Approaching
Plane FigureFigure
And Improvement

● 同时对比

两块颜色并置时，视觉上会出现幻觉，因为色彩的同时对比是双向作用，双方都想获得补色平衡。注目的时间越长，这种现象越明显，实际上颜色并没有变化，这种现象叫做"错视"。

同时对比有两种情况：

（1）一种颜色包围另一种颜色,使后者产生"全面错视"。

例如，同样的橙色分别放在红色底和黄色底上，红色底上的橙色偏黄，而黄色底上的橙色偏红；相同的灰色放在黑底上感觉较亮，放在白色底上感觉较暗；同等纯度的灰绿分别放在两块不同纯度的底色上，在高纯度的底色上感觉纯度低，而在低纯度的底色上则感觉纯度高。

（2）一块颜色靠近另一块颜色，其相接处产生"边沿错视"。

● 连续对比

色彩的连续对比是指色彩前后相继出现，单向作用，单边产生错视的现象。色彩产生连续对比是视觉残像的原理，也就是说先出现的色彩作用于后出现的色彩，而后出现的色彩是错视，并对先出现的色彩无影响。理解色彩的对比原理非常重要，这对合理运用色彩具有指导性意义。

同时对比

第三章 色彩构成

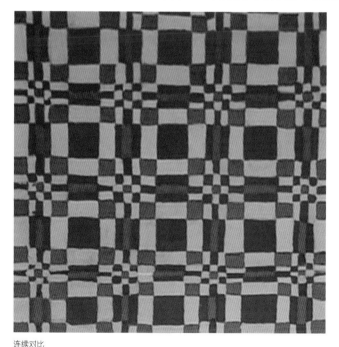

连续对比

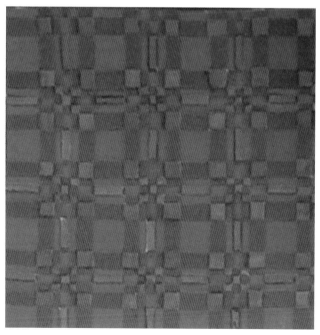

连续对比

色彩的肌理对比

● 色彩的肌理对比

色彩与物体的材料性质、形象表面纹理关系很密切，影响色彩感觉的是其表层触觉质感及视觉感受。

（1）对比双方的色彩，如采用不同肌理的材料，则对比效果更具情趣性。

（2）同类色或同种色相配，可选用异质的肌理材料变化来弥补单调感。如将同样的红玫瑰花印制在薄尼龙沙窗及粗厚的沙发织物上，它们所组成的装饰效果既成系列配套，又具材质变化，更显色彩魅力。

（3）在绘画及色彩表现中应用各种色料及绘具可产生出不同的肌理效果。如水彩、水粉、油画、丙烯等各色颜料的使用产生不同的肌理效果；蜡笔、钢笔、毛笔等各类画笔的使用同样也产生不同的肌理效果。

（4）同样的颜料可采用不同的手法创造出许多美妙的肌理效果，以强化色彩的趣味性和情调的美感。如拓、皱、化、防、拔、撒、涂、染、勾、喷、扎、淌、刷、括、点等上色手法产生不同的肌理效果。

色彩推移的特点和种类

色彩推移是将色彩按照一定科学规律有秩序、有层次地排列和组合的一种作品形式。其特点是画面具有明显的色彩渐变变化，充满强烈的明亮感与闪光感，富有浓厚的现代感和装饰性。有些作品还可以借助视觉错觉原理使画面产生幻觉空间感。

● 色彩推移的种类

（1）色相推移：将色彩按色相环的顺序由冷到暖或由暖到冷进行排列和组合的一种渐变形式。色彩可选用色相环进行多色相推移；也可选用含白色或浅灰的色相环。当然选用含中灰、深灰、黑色的色相环也是可以的。而这样的色彩排摆使画面既丰富多彩又变化有序。

（2）明度推移：将色彩按明度等差系列的顺序有规律、有节奏地由浅到深或由深到浅进行排列和组合的一种渐变形式。一般都选用单色系列组合，也可选用一对色彩的明度系列渐变进行排列组合。但择用不宜太多，否则易乱易花，效果适得其反。

色相推移

039

平面设计
入门与提高
Approaching
Plane FigureFigure
And Improvement

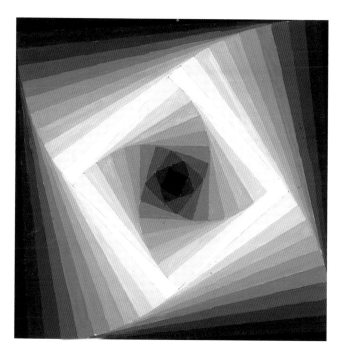

第3章 色彩构成

明度推移

（3）纯度推移：将色彩按等差级别渐变的顺序由鲜到灰或由灰到鲜进行有意味、有趣的排列和组织的一种渐变形式。

纯度对比

纯度对比

（4）补色推移：将处于色相环上圆心180度两端的一对色相以纯度组合进行推移的一种形式。

补色推移

补色推移

041

平面设计
入门与提高

Approaching
Plane FigureFigure
And Improvement

（5）综合推移：将色彩按色相、明度、纯度等多种因素推移渐变，进行综合排列、组合的一种形式。由于色彩三要素的同时介入，其效果必然要比单项推移更复杂，画面效果更加绚丽多彩、层次分明，表达的内容覆盖面也更广泛一些。

色彩推移的基本构图形式

色彩推移本身就是一种特殊的作品形式，其构图及形象组织必然有基本规律和独特的表达语言。以下介绍几种色彩推移的基本构图形式：

● 平行推移

将色彩按平行的垂直线、水平线、斜线、曲线或不规则线条进行等间隔或不等间隔条纹状，有秩序有变化地安排、处理。

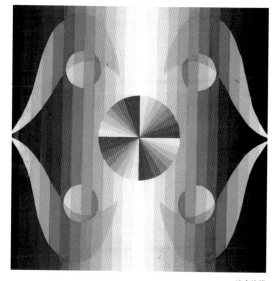

综合推移

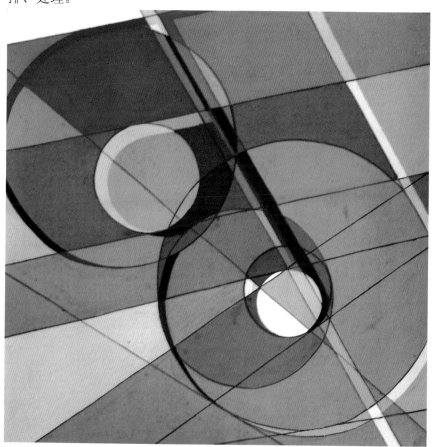

平行推移

● 放射推移

（1）定点放射：又称日光放射或离心放射。画面可确定一个或多个放射点，然后将色彩围绕放射点按照等角度或不等角度有序地排列、组合。

（2）同心放射：又称电波放射。画面有一个或多个放射中心，将色彩从放射中心作同心圆、同心方、同心三角、同心多边形、同心不规则图形等形象，向外扩散渐变，有秩序地排列、组合。

（3）综合放射：将定点放射和同心放射综合在同一个画面中进行合理的组织和安排。

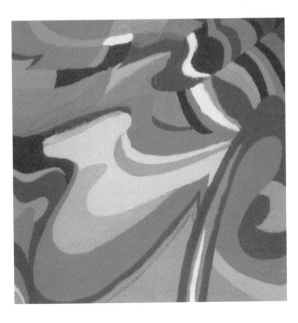

043

平面设计
入门与提高
Approaching
Plane FigureFigure
And Improvement

● **综合推移**

在同一作品中同时运用平行推移和放射推移的手法使作品的形态形成曲、直、宽、窄、粗、细等视觉对比。形成构图复杂、多变，使作品内容表达流畅、充分，效果更为丰富、有趣。为避免作品产生散、乱、花、杂的弊病，画面一般只确立一个中心或主体，也可一主一次，但切忌多中心和多主体。

● 错位、透叠及变形

（1）错位：分整体错位和局部错位两种情况。

整体错位：为了强调色相的冷暖对比、明度的明暗对比、纯度的鲜灰对比，将作品的底色同图案的色彩作整体的、相反的有序排列。例如底色由冷到暖地排列，图案的颜色则由暖到冷地排列；底色由明到暗地排列，图案颜色则由暗到明地排列；底色由鲜到灰地排列，图案的颜色则由灰到鲜地排列……以此类推。

局部错位：处理有规律的块状色彩排列时所采用的方法。例如第一排用 1、3、5、7 号色，第二排用 3、5、7、9 号色，第三排用 5、7、9、11 号色等，每排错开二级或多级。有时，为了某种光感及立体感的处理需要，也可同时向左右两边错位，例如第一排用 1、2、3、4 号色，左右第二排同时用 2、3、4、5 号色。这叫做对称式错位。

（2）透叠：在同一画面中当两个形体相重叠时，处理成两者都能显现形体、轮廓的表现手法就是透叠。色彩透叠可产生透明、轻快的视觉效果，趣味性和现代感很强烈。当底形和覆盖形重叠时，如果颜色相差级数小，那么两者就能产生一定的紧贴感；当色彩级数相差增大时，两者的空间感也随之增大而有远离感。

（3）变形：变化的形式很多，例如，定点放射的放射线一般情况下处理成直线，当然作弧线变形也是可以的，这样作成的图案就可以变成有单向转动感的风车状；而作双向交叉处理，则效果更复杂丰富。这种变形，使画面可变性及创造性开发余地很大，在掌握基本构图形式的基础上按照一定颜色规律演变进行种种变化，可以充分发挥个人想象，画面将产生各种不同的效果。

第 4 章

平面设计与应用

本章要点

- 插图设计　字体设计
- 图形设计　海报设计
- 书籍装帧设计
- 包装设计　标志设计

第一节　插图设计

插图设计的概念

随着社会经济和文化的发展，插图的载体已不仅仅局限于书籍，它逐步演化并成为了一种广泛的流行。丰富多样的视觉设计形式，使它的定义范畴不再受到局限，变得更为宽泛。但目前还很难摒弃这种以交叉性概念来描述插图的纯粹定义，因为所有视觉形式中的图形部分都显露着插图的存在形式,可以说它存在于生活和设计的各个领域中。

插图即一个或一组固有主题的图像也可以被视作一个完整的绘图阶段。插图在视觉艺术中是一种独立而又独特的艺术门类。由于插图亦是组成服务于其他设计形式的重要部分，所以插图艺术发展至今已是一个全新的动态概念，它是随着社会经济和文化的进步而不断变化发展的。

插图设计的分类

插图是运用单一或成组图案来表述某一主题的表现形式。以审美与实用的和谐统一为原则，尽量使用线条，使表述对象形态清晰、节奏明快，制作方便。插图是世界通用的艺术语言，以其设计内容在商业上的应用，插图通常可分为人物插图、动物插图、商品插图等。

●人物插图

插图以人物为题材，迎合消费者的消费心理，从而得到消费者对商品的认可。人物形象能最直接地给人以亲切感，能有效缩短消费者和营销商之间的心里距离，有利于商品的销售和赢利。人物形象的创作有着很大的想象性创造空间：首先，在人物创作的过程中我们必须要深刻了解人体的比例关系。造形比例是创作人物形象的重点，现实生活中成年人的头身比为1：7或1：7.5，儿童的比例为1：4左右，而卡通人物常以1：2或1：1的大头形态呈现，这种表现形式能充分利用头部所占面积来重点刻画人物形象的情态。而人物的面部表情是整体形象的焦点，因此眼睛的描绘就显得十分重要。其次，运用夸张变形的手法使人物形象变得生动、幽默、有趣，使人看后忍俊不禁，

047

平面设计
入门与提高
Approaching
Plane FigureFigure
And Improvement

并对其产生好感。同时清晰的整体形象、分明的人物性格，都会给人留下深刻的印象，吸引更多的消费者。

● 动物插图

动物作为卡通形象，已具有悠久的历史和丰厚的文化底蕴。在现如今的生活中，动物更是设计者的新宠，以卡通的动物形象为蓝本的插图更容易得到大众的关注和喜爱。在创作动物形象过程中应把重点放在创造上，还要注意的一点就是形象的"拟人化"要加以强调。例如，动物与人类的差别之一是动物没有表情，但在卡通形象的创作中，可以通过拟人化手法赋予动物人一般的喜怒哀乐的表情，使动物形象更具人情味。另外，合理运用人们生活中常见的、喜爱的动物进行创作，创作出来的形象就越容易被人们接受。

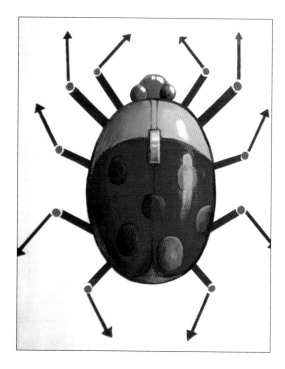

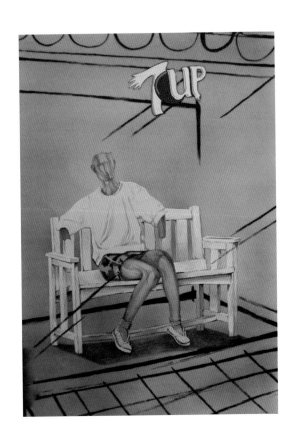

● 商品插图

商品拟人化是动物拟人化在商品领域中的扩展，拟人化的商品给人以亲切感并且符合人们的心理需要。个性化的造型能加深人们对商品的直观印象。商品拟人化的构思大致分为两类：第一类为完全拟人化。运用商品的本身特征和造型结构作拟人化的表现，即对商品进行夸张的表述。第二类为半拟人化。即在商品上另加与商品无关的人类的特征，如头、手、脚等作为拟人化的特征元素。以上两种拟人化塑造手法赋予商品人性与个性，使商品更具有人情味。将此类插图通过动画形式，使它的动作、言语、神态与商品直接联系起来强调商品特征，可以更好地达到预期的宣传效果。

插图表现的形象可以是产品本身，产品的某部分，预使用的产品，使用中的产品，试验对照的产品，产品的区别特征，使用该产品能得到的收益，不使用该产品可能带来的后果，也可以是证词性图例，等等。

插图的表现形式主要有摄影性插图、绘画性插图（包括写实的、纯粹抽象的、新具象的、漫画卡通的、图解式，等等）和立体性插图三大类。

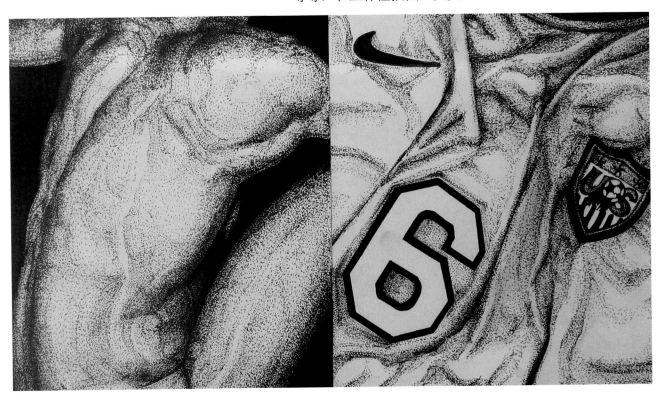

049

平面设计
入门与提高

Approaching
Plane FigureFigure
And Improvement

● 摄影性插图

摄影插图是生活中最常用的一种插图形式，因为一般消费者都认为照片具有真实性，能客观地、真实地展现产品。作为招贴广告的摄影插图与一般的艺术摄影最大的区别在于它要尽量表达商品的特征，强调产品真实感的传达。而艺术摄影与作为招贴广告的摄影插图相比，通常将拍摄对象的某些真实特征作艺术性的减弱，以追求某种意境。

作为招贴广告用的摄影插图最好用单反相机（120 单镜头反光照相机）来进行拍摄，根据不同题材的需要，还要配备一些常用的镜头，如广角镜、长焦镜、微距镜以及近摄镜等。招贴的摄影插图创作一般采用彩色反转片，以确保印刷制版的质量。摄影插图的制作大多数在室内进行，背景需要人工布置，以突出主题，要备用的衬景材料包括呢绒、丝绒、布、纸等。当然还可大胆试用目前市面上销售的墙布、毛麻料等，有条件的还可采用幻灯背景。它们的优点是不受时间、地点、气候的影响，达到广告创意的要求。

绘画性插图

绘画性插图

● 绘画性插图

绘画插图常常在作品中渗透作者的主观意识，它具有自由表现个性的特征，无论是幻想的、夸张的、幽默的、情绪的，还是象征化的，它都能自由表现和处理。作为一个插画家，必须全面了解广告创意的主题，并对事物有较为深刻的理解，才能创作出优秀的、有个性的插画作品。过去绘画插图都是由画家兼任，但随着社会经济文化的发展，人们对物质精神方面需求的变化，设计领域不断扩大研究范畴，插图技巧日益专业化。如今插图工作早已由专业插画家来担任。绘画插图中用得最多的技法是喷绘法，这是一种利用空气压缩机的空气输送，将颜料透过喷笔来作画的技法。它的优点在于它没有一般性绘画遗留的笔触，且画面的过渡自然，应用价值极高。绘画插图中，漫画卡通形式最为常见。漫画卡通插图可区分为夸张性插图、讽刺性插图、幽默性插图及诙谐性插图四种。

绘画性插图

051

平面设计
入门与提高
Approaching
Plane FigureFigure
And Improvement

夸张性插图着重抓住被描述对象的某些特征加以夸大和强调，突出事物的本质特征，从而加强表现力与视觉冲击力；讽刺性的插图一般用以贬斥敌对的或落后的事物，它以含蓄的艺术语言表达讥讽的意味，从而达到否定的宣传效果；幽默性插图则是通过影射、讽喻、双关等修辞手法，在善意的调侃中，揭露生活中的乖讹与不通情理之处，引人发笑，从笑中领悟到一些事理；诙谐性插图则使广告画面富有情趣，使人们在轻松愉悦的情境之中接受广告所传达的信息、感受其中所隐喻的新概念，并且使人印象深刻。绘画插图中的"图解"形式是一种极适合用来表现复杂产品的插图形式，如新式家用电器的操作程序，某新式食品的烹饪方法，家用组合器具的安装，儿童积木的各种搭配形式等，都可以用连续数幅图解形式的插图，来向消费者介绍正确的操作步骤。

绘画性插图

绘画性插图

绘画性插图

第4章 平面设计与应用

第二节　字体设计

字体设计的概念

字体设计是指以表现企业名称或品牌为目的，经过设计加工的字体。字体设计包括企业名称和品牌字的设计。

在企业形象识别系统中，字体是基本要素之一。字体设计的应用非常广泛，常与标志联系在一起，具有明确的说明性，可直接将企业文化或品牌形象传达给观者，使视听信息能够同步传递。优秀的字体设计可以强化企业文化与品牌形象的诉求力，其字体设计的重要性与标志的重要性是等同的。

与普通印刷字体不同，经过精心设计的字体除了外观造型不同，最重要的是它要根据企业文化或品牌形象的特殊特征而设计。因为对字体的形状、粗细，字与字之间的连接与配置，统一的造型等，都要经过细致严谨的规划，因此与普通字体相比，经过精心设计的字体更美观，更有特色，内涵更丰富。这便于传达品牌的综合信息。

在诸多企业在实施品牌形象战略中，将企业和品牌名称趋于统一化，这已形成了新的流行趋势。其好处是，企业名称和标志统一时，两者虽然只具备同一种设计要素，却可以同时具备两种功能，达到视觉和听觉同步传达信息的效果。

汉字的字体设计

汉字的字体设计是指依据单个汉字的字义或一个词组的内容，依附文字笔画结构及本身的含义设计出半文半图的形象字。

制作方法：将一个字或一组字的笔画、部首、外形等可变因素进行合理处理，也可以通过把握其中起主导作用的因素，根据其特点来加入图形、肌理等元素，使之得到装饰性变化。

装饰性字体设计

从视觉识别角度来讲，装饰性字体具有形态生动活泼且美观大方的优点。它内涵丰富又便于阅读和识别，因此

053

平面设计
入门与提高

Approaching
Plane FigureFigure
And Improvement

应用领域非常广泛。例如海尔、科龙的中文标准字体，就属于这类装饰性字体设计。

装饰性字体是在基本字形的基础上进行装饰、变化加工而成的。笔的特点主要是，在一定程度上摆脱了印刷字体单调枯燥的字形和笔画的约束，可根据品牌形象或企业经营性质的需要进行设计，以达到加强文字的精神含义的效果，并且具有良好的感染力。

装饰性字体表达的含义是丰富多彩的。如细线构成的字体，容易使人联想到香水、化妆品之类的产品；圆厚柔滑的字体，常用于表现食品、饮料、洗涤用品等；而浑厚粗实的字体则常用于表现企业的强劲实力；有棱角的字体则易展示企业个性，等等。

汉字字体设计的创作形式

（1）简化式设计：根据字体的结构特点，利用视觉的错觉原理将字体的某一部分笔画进行合理的简化。

简化式设计：时尚

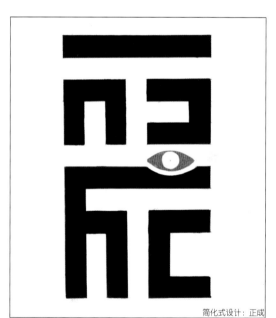

简化式设计：正成

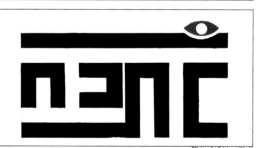

简化式设计：正成

（2）附加式设计：根据汉字的具体含义，在字体上适当添加图形或图案以配合表达其内涵。

附加式设计：爱约定

附加式设计：浮世绘

（3）连接式设计：把字体按笔画走向特征将部分笔画搭接或连接。

连接式设计：市府花园

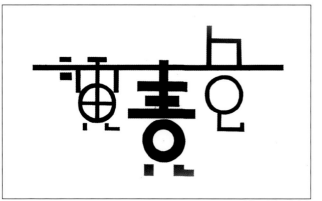

连接式设计：演奏会

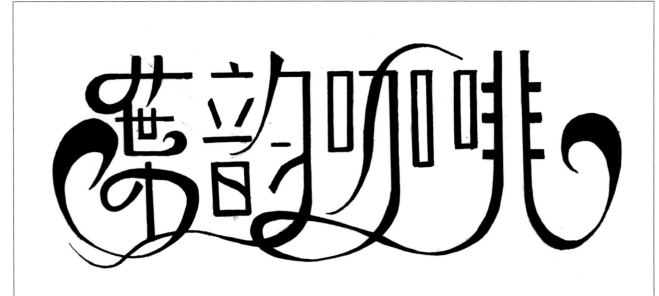

连接式设计：某韵咖啡

055

平面设计
入门与提高
Approaching
Plane FigureFigure
And Improvement

（4）纹样式设计：将字体整体镶嵌于色块或纹样中。

纹样式设计：宁静魅

（5）象征式设计：结合字体形体的特征和内在含义将
字体的部分笔画进行象征性演变。

象征式设计：金百居

（6）柔和式设计：结合字体结构特征，运用波浪或卷曲扭转的线条对字体进行变形装饰。

柔和式设计：爱格儿

柔和式设计：爱约定

（7）直线式设计：用直线型的笔画来组成字体，如火柴文字。

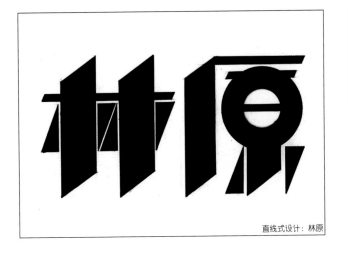

直线式设计：林原

直线式设计：林原

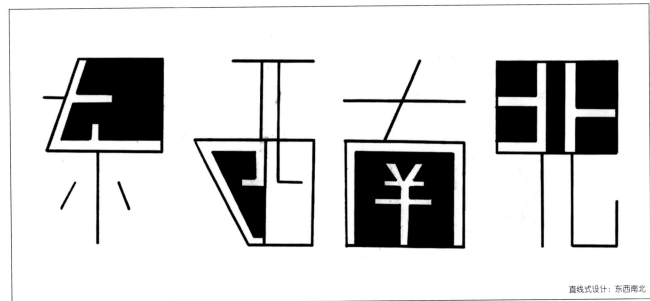

直线式设计：东西南北

057

平面设计
入门与提高
Approaching
Plane FigureFigure
And Improvement

（8）图章式设计：以中国传统印章为底图或元素而设计，如以瓦当的拓印形式设计的字体。

（9）笔触式设计：把中国书法的特点融入字体设计中来设计。

图章式设计：清

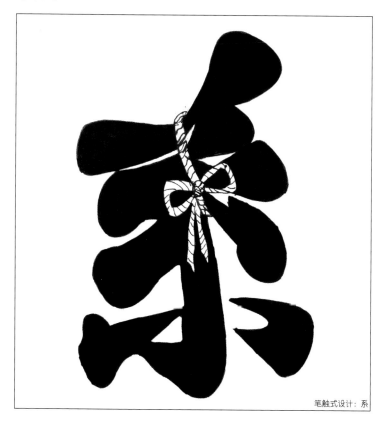

笔触式设计：系

笔触式设计：飘

第4章 平面设计与应用

笔触式设计：云

（10）综合元素设计：综合地使用各种风格来修饰字体。

综合元素设计：生日快乐

综合元素设计：任美珍

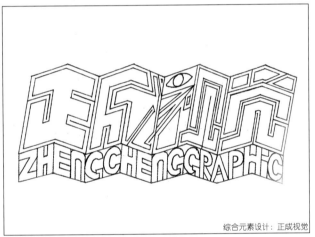

综合元素设计：正成视觉

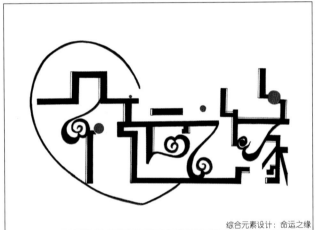

综合元素设计：命运之缘

第三节　图形设计

图形设计的概念

图形是介于文字与美术图案之间的视觉表达形式，能够在纸或其他表面上表现。通过印刷及各种媒体进行大量复制和广泛传播。它通过一定的形态来表达创造性意念，将设计思想具象化，使造型设计出的形象成为能够传达信息的载体。

059

平面设计
入门与提高
Approaching
Plane FigureFigure
And Improvement

图形设计的方法

在图形的创意上，优秀的设计师要不断创造新鲜的、有趣的视觉形象，因为单一的、固定的视觉形象往往不能引起人们的注意。图形的创意性思维方式很多，我们可以将正负形、共生、渐变等多种元素和谐地融合在一起。也可以利用单一造型元素作减法创造，如减缺图形。也可将视觉元素作反常规的表现，如无理图形、混维图形等。这样，我们就可以设计出与众不同的、新奇有趣的、打破事物固有造型规律的新形象。

图形设计的联想方式

● 相似性联想

一些表面不相干的事物之间因外在或内在的某种相似之处而形成一种内在"联系"，由此产生的联想称为相似性联想。

（1）形与形之间的相似性联想：指某些事物由于形态的相似或某种外在特征的类似等因素产生的联想，又称类似联想。

（2）意与形之间的虚实联想：指将各种具象的事物与抽象概念借助象征意义相联系的联想方式。它的表现主题可能是一种观念或感觉等非可视的内容。要将其表现出来就需要赋予它一定的形态，给予它特殊的个性。

（3）形与形之间的共性联想：在虚实联想的基础上，一个概念往往可以对应有多个象征元素，因为它们内在的共性相似，从而形成了形与形之间的共性联想关系。如鸽子、橄榄枝、打结的枪管都象征了和平的含义，因而被联系到了一起。

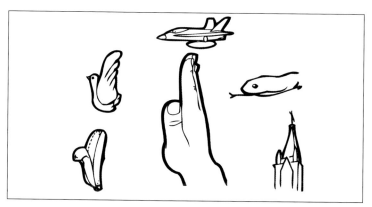

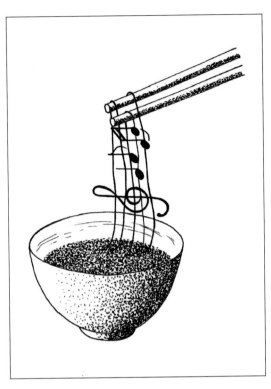

● 连带性联想

指事物间在时空上或逻辑上存在某种必然联系，并以此形成的联想方式。

（1）接近联想：事物在时间或空间上由于接近而形成一种联系，从而引发的联想方式就是接近联想。如提到学生便可联想到他们必不可少的文具，提到闪电可联想到打雷……秤不离砣、船不离桨等都是典型的接近联想。

（2）因果联想：指事物由于前因后果的关系而被联系在一起的联想方式。可以由一个原因推想到可能产生的多种结果，也可以由一个结果联想到多种原因。

（3）借代联想：以个体特征借代群体共性、以局部缩影借代整体特征的联想方式。在图形中，通过借代联想的思维方式来表现主题凝聚形态。将最具表现力和形式感的部分进行再创造，并构造具有审美价值的新形象。

（4）对比联想：这是一种反常规的思维方式，与发想的起点相对、相反的方向去联想，寻找相关的事物。如冷与热、快与慢、软与硬、战争与和平等，均属于对比联想。

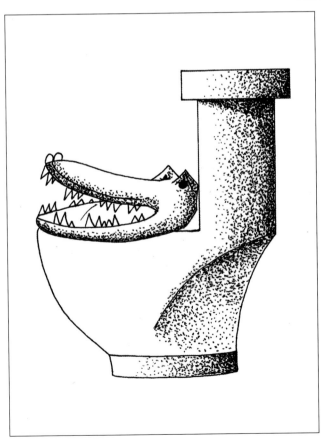

061

平面设计
入门与提高

Approaching
Plane FigureFigure
And Improvement

想象的定义

在现代图形创意中，想象是一个建立新形象的过程。它通对所获得的素材进行联想，并予以加工再创造。它以记忆中的表象为联想起点，按照人的直观感觉和意图，借助经验等手段，对已有素材进行重新加工创造。

单一形态的想象创新：这里包括分割裂变、尺度夸张、打散重构、材质异化、超现实组合。

（1）分割裂变：对完整的形态进行各种方式的分割。如通过打孔、切割、开启、断置等方式，改变原有的封闭形式，形成有趣的新形象。

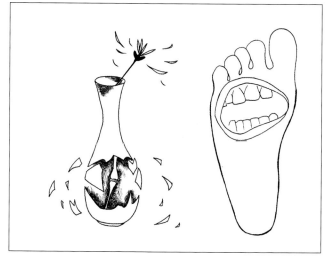 

（2）尺度夸张：对人们在主观经验中熟知的元素进行尺度体量上的合理夸张和有序变化。例如，将微小的放大，将巨大的微缩。这能使受众有如同来到小人国或巨人国一般的感觉。

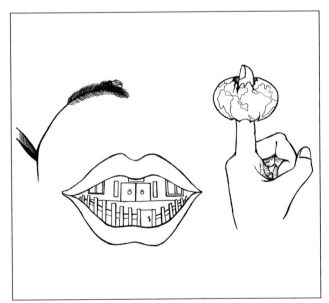

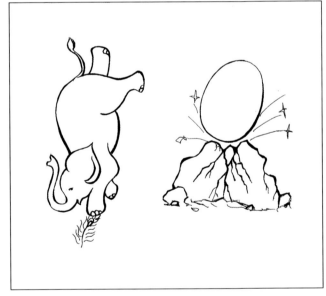

063

平面设计
入门与提高
Approaching
Plane FigureFigure
And Improvement

（3）打散重构：将原有的形态进行分解、打散后，再按照一定目的以新的秩序重组，借此改变原有的顺序和结构。另外也可以通过对局部进行重复增殖或削减的方法进行画面重组。

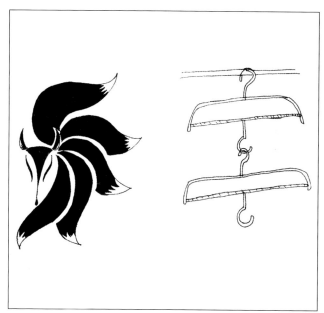

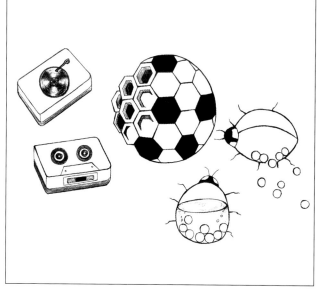

第 4 章 平面设计与应用

（4）材质异化：通过改变物体的材质以表现异质的特性来塑造新的形象。寻找既能展示材质特性又具有形式美感的形态，通过材质肌理的特征，扭曲变形、破损、弯折、熔化、流淌、穿透等表现方式来表现材质的变化，达到图形设计的要求。例如，在以铅笔为蓝本的图形想象中，铅笔通过扭曲、打结、弯转等方式展示出铅笔被转化为柔软材料的特征。

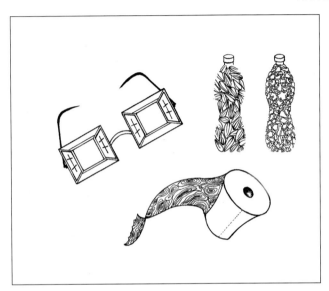

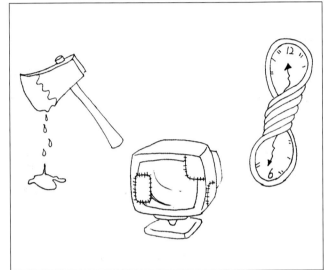

065

平面设计
入门与提高

Approaching
Plane FigureFigure
And Improvement

（5）超现实组合：将现实生活中两个或两个以上无必然联系，又相互独立的元素，根据设计理念的需要进行打散重组，从而创造出一个既保留多个原形特征又在新的结构关系下形成统一的形象。

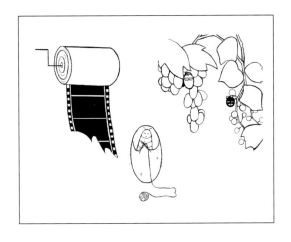

拼置同构

拼置同构是指以一种或两种以上的物体形态为基础，分别取出具有代表特征的一部分拼合成一个新形象的图形的构建方式。在拼置、组合方式上有两个方面需要注意：一方面是原形中保留下来的部分应具有特征性，保证原形能被受众判断识别出来；另一方面是拼置连接的过渡部分要自然，组成的新形象必须具有视觉上的完整性和逻辑上的合理性。

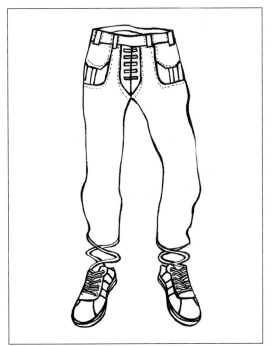

置换同构

在保持原形的基本特征的基础上，把物体中的某一部分用其他物态或素材所替代的一种图形重构方式就是置换同构。成功的置换效果一般要求被替代的原形部分与替代的新物形在形态上既存在一定的相似性，又在意义上具有明显的差异性。因而置换同构又称替代同构。

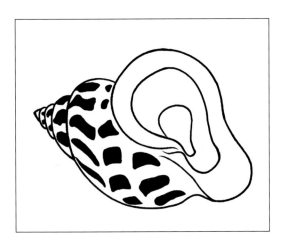

067

平面设计
入门与提高
Approaching
Plane FigureFigure
And Improvement

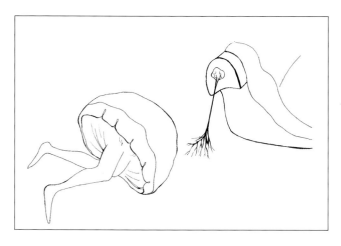
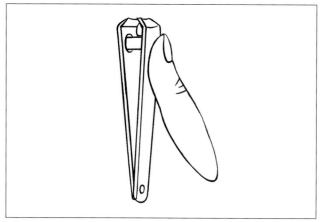

置换与拼置的区别如下：

置换：同构的图形从总体上看仍是用来加以组合的原
形之一，只是其中一部分被改变了。

拼置：创作结果并不在意产生的形象是否是大家能认
知的某种事物或形象，允许再创造的形象与组合前的原形
存在较大差异。

置入同构

置入同构是用一个元素的轮廓作为外形框架，将其他
物形填置在这个框架内，在外轮廓形态与另外物形的内部
元素间形成组合关系的一种方式。在置入同构的造形方式
中被选作外轮廓的原形应该具有独特的特征，采取方便观
者识别的剪影形态。因为其内部细节已被省略，受众对它
的辨识只能凭借它的外形。

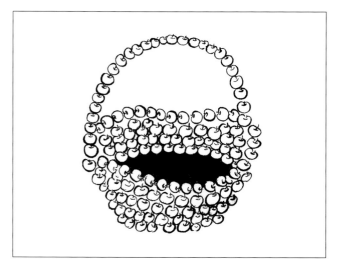

肖形同构

所谓"肖"即为相像、相似。肖形同构是指以一种或多种物态去模拟另一种物态的设计形式。

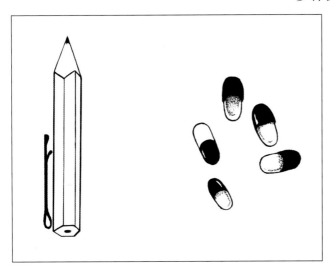

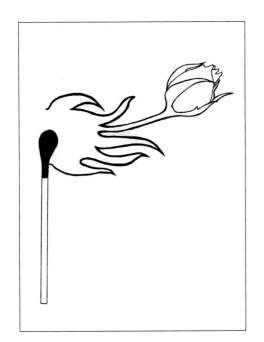

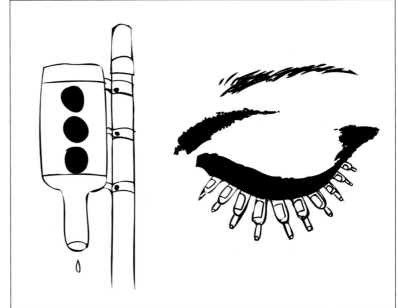

显异同构

　　显异同构是指将一个原形进行开启，显示出藏于其中的其他物形的方式。在图形创意中这个内藏物往往是出人意料的，就如同阿拉丁神灯中钻出巨大的灯神一样。显异图形中被开启的原形可以是现实中可开启的事物，也可以是不能割裂的事物，将其通过图形想象中的分割裂变进行再创造，使之成为具有超现实的形态。

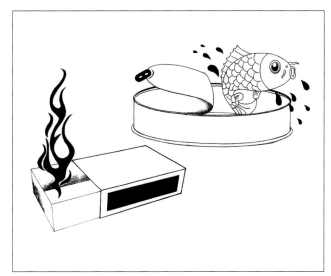

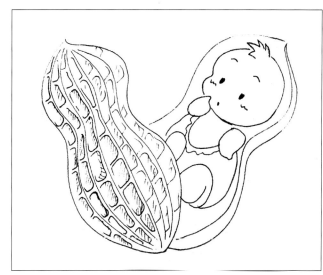

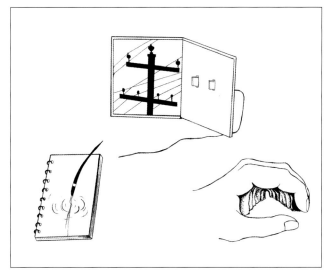

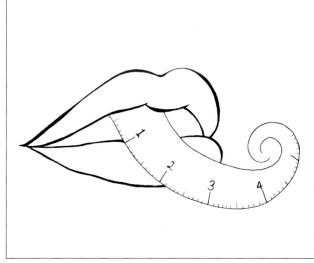

异影同构

异影同构是指以影子作为想象的起点，将事物不同时空下的状态、事件的因果关系、事物的正负两面、生活中的现象和本质等与其他不同的元素巧妙地组合在一起的方式。通过对影子的再创作来表情达意。这里的影子可以是投影，也可以是水面倒影或是镜中影像，等等。

071

平面设计
入门与提高

Approaching
Plane FigureFigure
And Improvement

第四节　海报设计

海报又称招贴广告后的广告招贴画，是宣传载体中的重要角色之一，是适合在公共场所粘贴的速看广告。可在马路、码头、车站、机场、学校、机关等地点粘贴。为了吸引远处观者的注意力，海报的尺寸比一般报纸广告或杂志广告要大很多，所以海报的应用范围日益扩大。凡举办商品展览、书展、运动会、音乐会、时装表演、电影、慈善、旅游或专题性的活动，都可通过海报形式作广告宣传。

海报设计的基本原则

海报设计的基本原则就是主题明确、构图完整、色彩鲜艳和字体清晰。一幅海报可以通过图案或摄影作品来表达。要注意的是，它必须配合事物的内容，不同性质的海报要配合不同内容的画面。

根据美国著名海报设计师的倡导，海报制作的原则有如下六点：

（1）单纯：画面形象和色彩必须简单明了。

（2）统一：海报的造型与色彩必须和谐，达到统一的效果，整体感要强。

（3）均衡：整个画面需要具有魄力和均衡效果。

（4）销售重点：海报的构成要素必须化繁为简，尽量挑选重点来表现。

（5）惊奇：海报无论在形式上或内容上都要出奇标新，具有强烈的惊奇感。

（6）技能：海报设计需要有高水准的表现技巧，无论绘制或印刷都不可忽视技能性的表现。

海报设计的基本分类

海报设计基本分商业性宣传海报、公益性海报、艺术性海报等三种。

● 商业性宣传海报

以赢利为主要目的的广告海报被称为商业性海报或赢利性广告海报、经济广告海报。它是以宣传为手段，销售为导向，以介绍商品的质量、功能、价格、品牌、生产厂家、

水的最后结局

销售地点以及该商品的独到之处等有关商品本身的一切信息为目的。是具有说服力的能促进销售的宣传方式，能使受众轻松明了地知道商品特殊的内容和服务。

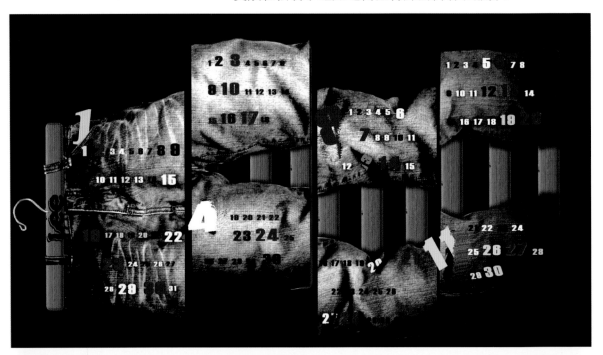

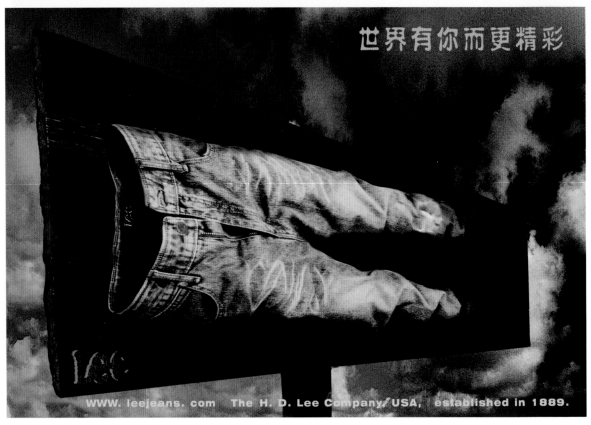

073

平面设计
入门与提高
Approaching
Plane FigureFigure
And Improvement

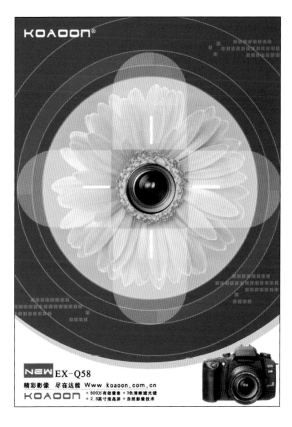

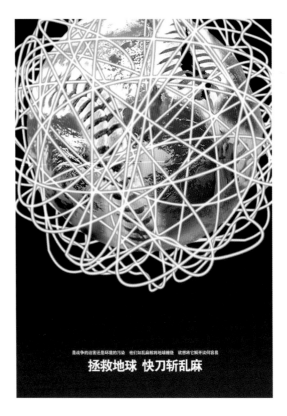

是战争的迫害还是环境的污染　他们如乱麻般将地球缠绕　欲想将它解开谈何容易

拯救地球 快刀斩乱麻

● 公益性海报

公益性海报是以为公众谋利益和提高福利待遇为目的的海报设计。它可以表达一个企业或社会团体对社会的功能和责任，表明自己追求的不仅仅是从经营中获利，而是过问和参与如何解决社会问题和环境问题这一意图。它可以引领社会风尚与服务趋势。它具有社会的效益性、主题的现实性和表现的号召性等三大特点。公益广告通常由政府相关部门来制作，广告公司和部分企业也可以参与到公益广告的筹资中来，或完全由企业办理。这样，企业就可以在作公益广告的同时提升企业的形象，向社会展示企业的理念与文化。这些都是由公益广告的社会性所决定的，使公益性海报能成为企业与社会公众沟通的媒介之一。

诱惑＆选择

你上钩了吗？

seduce&select

075

平面设计
入门与提高
Approaching
Plane FigureFigure
And Improvement

077

平面设计
入门与提高

Approaching
Plane FigureFigure
And Improvement

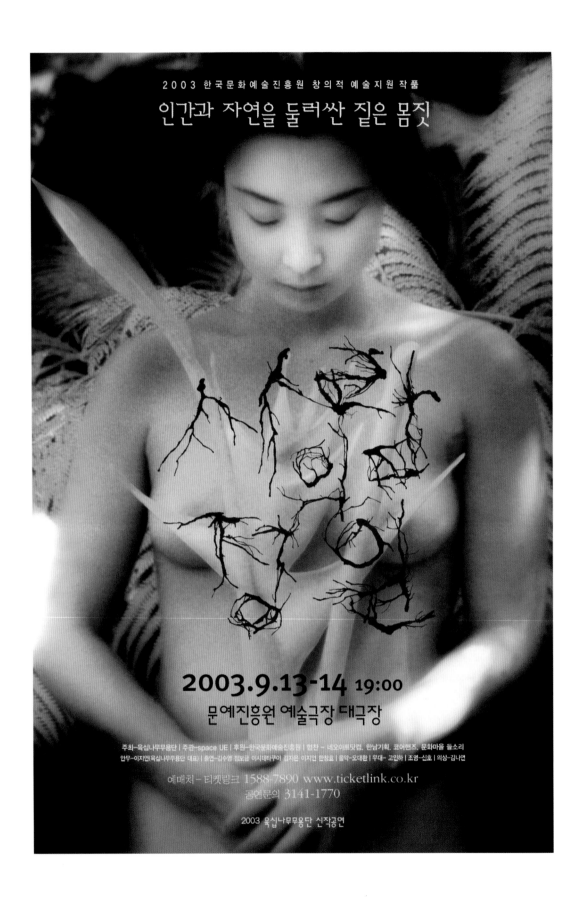

079

平面设计
入门与提高
Approaching
Plane FigureFigure
And Improvement

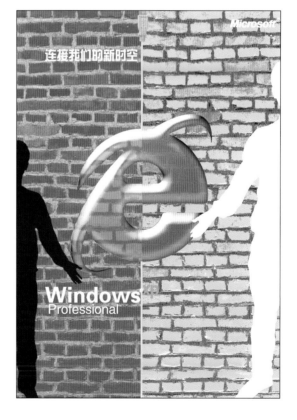

● **艺术性海报**

艺术性海报本身不存在赢利关系，既不同于商业性海报，也不同于公益性质的海报，它不以为公众谋求利益和提高福利待遇为目的。艺术性海报是以设计师自己的语言方式来表述自己的思想的载体。

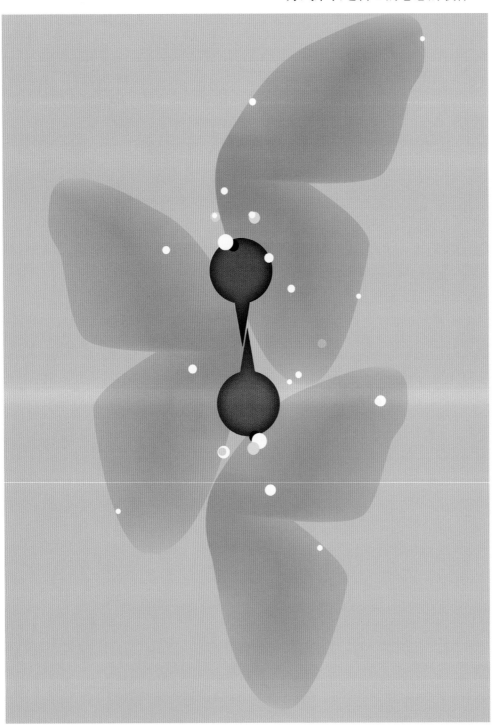

081

平面设计
入门与提高

Approaching
Plane FigureFigure
And Improvement

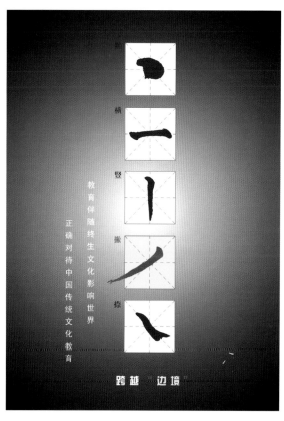

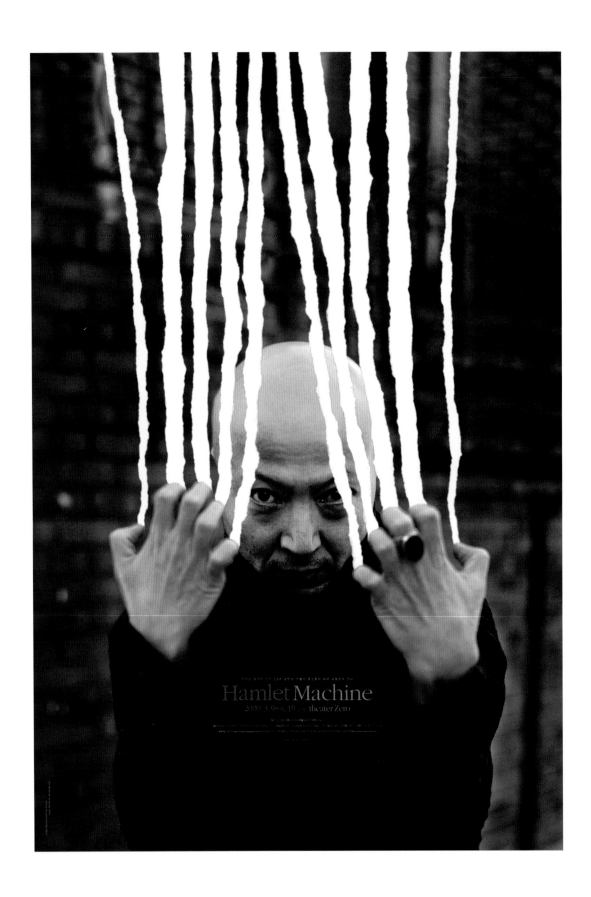

083

平面设计
入门与提高
Approaching
Plane FigureFigure
And Improvement

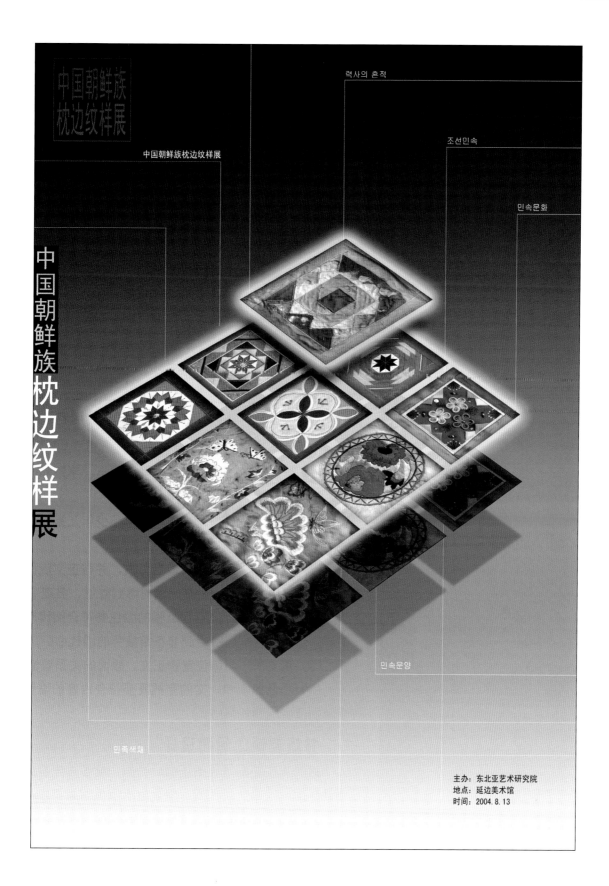

第4章 平面设计与应用

第五节　书籍装帧设计

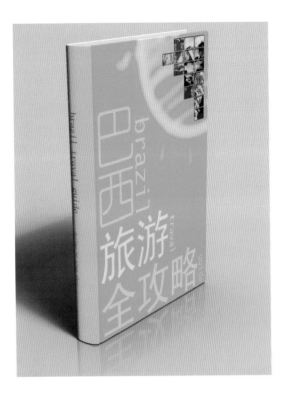

对书籍作整体设计的，即为书籍装帧设计。书籍装帧设计经过不断发展革新，在人类社会文明的传播过程中扮演着越来越重要的角色。它促进了人们的信息传达，刺激了思想的沟通和交流，同时形成了一种新的视觉艺术和视觉文化，并逐渐超越了它自身形式上的需要。随着国际交往的频繁、贸易的发展、技术的进步，装帧设计所肩负的任务必然越来越重。

书籍装帧的设计原则

（1）能够准确地反映书籍的内容、风格、特色和著译者的意图；

（2）符合不同年龄、职业、性别的读者的需要，还要适当地照顾到群众的审美欣赏习惯，且具有民族风格和时代特征；

（3）符合当代的技术条件和读者的经济能力。

书籍装帧的设计要点

（1）合理处理正文字体的类别、大小、字距和行距的关系，使读者感到舒适、方便；

（2）字体、字号符合老年、中年、少年儿童等不同年龄段读者的要求；

（3）在文字版面的四周适当留白，并与正文版面产生不同的艺术效果，使读者在阅读时感到舒适、美观；

（4）正文的印刷色彩和纸张的颜色要符合阅读功能的需要，防止读者的眼睛受到非正常疲劳的困扰；

（5）正文中插图的位置和正文、版面的关系要恰当；

（6）彩色插图和正文的穿插既要符合内容的需要，又要增加读者的阅读兴趣。

书籍装帧的封面设计

封面其实并不只包括正面。当然，读者首先看到的主要是正面，正面尤为重要。但是出于审美的高要求，不应将反面弃之不顾。在书架上，书脊也同样发挥着广告和美观的作用。因此，封面的正反面和书脊都应纳入封面设计

085

平面设计
入门与提高
Approaching
Plane FigureFigure
And Improvement

的范畴。整个封面是书籍装帧大整体中的一个小整体。正反面和书脊的相互关系要有统一的构思，因为这种关系的处理同样影响着书籍装帧设计的整体效果。

封面设计类型

● 校庆封面设计

其重点在于体现出喜庆、团圆的气氛，美好向上及怀旧的概念。

● 学校宣传封面设计

根据应用方向不同大致分为形象宣传、招生、毕业留念册等。

● 企业封面设计

企业封面设计要求设计师根据企业自身的性质、文化、理念、地域等不同特点，以简洁明了的设计方案来体现企业精神。

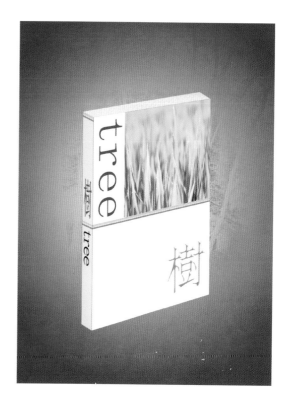

● 产品封面设计

产品画册的设计着重于产品本身的特点，运用恰当的设计语言阐述产品的一般属性，以创意性的视角来体现产品的特点。只有这样才能使消费者更加了解产品，进而增加产品的销售，提高利润。

● 宣传封面设计

这类的封面设计根据用途不同，采用相应的表现形式来体现宣传的目的。用途大致分为：展会宣传、终端宣传、新闻发布会宣传等。

● 画册封面设计

画册的封面设计需要设计者对主题作出综合因素的考虑，如画册内容、形式、开本、装订、印刷后的效果等。

● 医疗器械封面设计

此类设计方案一般从产品本身的性能出发，着重体现产品的功能和优点，达到向消费者传达产品信息的目的。

● 食品封面设计

食品封面设计要从食品的特点出发，设计出的作品应尽量传达视觉和味觉的双重感受，诱发消费者的食欲，引导消费者的购买欲望。

● 房产封面设计

房产封面设计要求作品体现时尚、前卫、和谐、人文环境等内容。一般根据房地产的楼盘销售情况作相应的设计。如开盘封面设计、形象宣传设计、楼盘特点设计等。

● 酒店封面设计

酒店的封面设计要求体现高档与享受的感觉，设计师可以通过运用一些独特的元素来体现酒店的品质。

封面设计构思与方法

● 想象模式

任何设计师都离不开想象的天堂，丰富的想象是设计师构思作品的源动力，想象要以造型的知觉为中心，才能产生明确的有意味的形象。知识与想象的积累是设计师的灵感源泉。

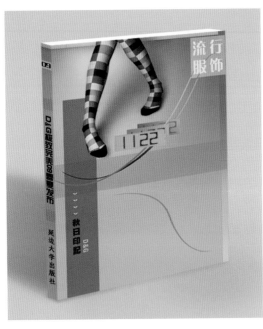

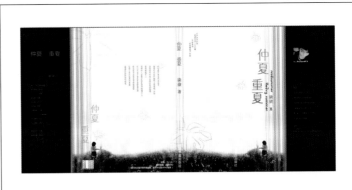

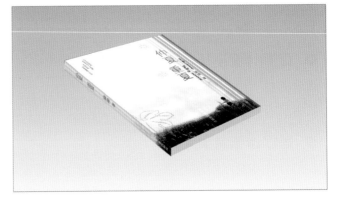

087

平面设计
入门与提高
Approaching
Plane FigureFigure
And Improvement

● 舍弃模式

构思的过程往往"叠加容易，舍弃难"。多做减法，少做加法，就是对不重要的、可有可无的形象与细节，坚决忍痛割爱。

● 象征模式

象征性手法是艺术表现中最具魅力的语言。在象征模式创作中，可以用具体形象来表达抽象的概念或意境，也可用抽象的形象来意喻表达具体的事物，这些艺术语言都是能被人们所接受的。

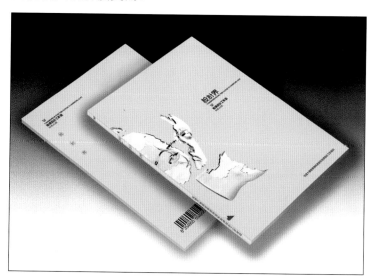

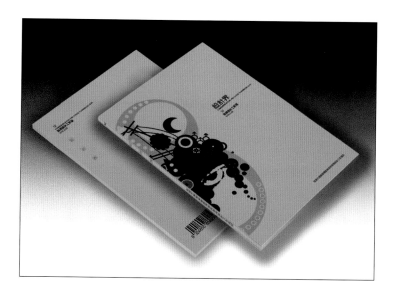

第4章 平面设计与应用

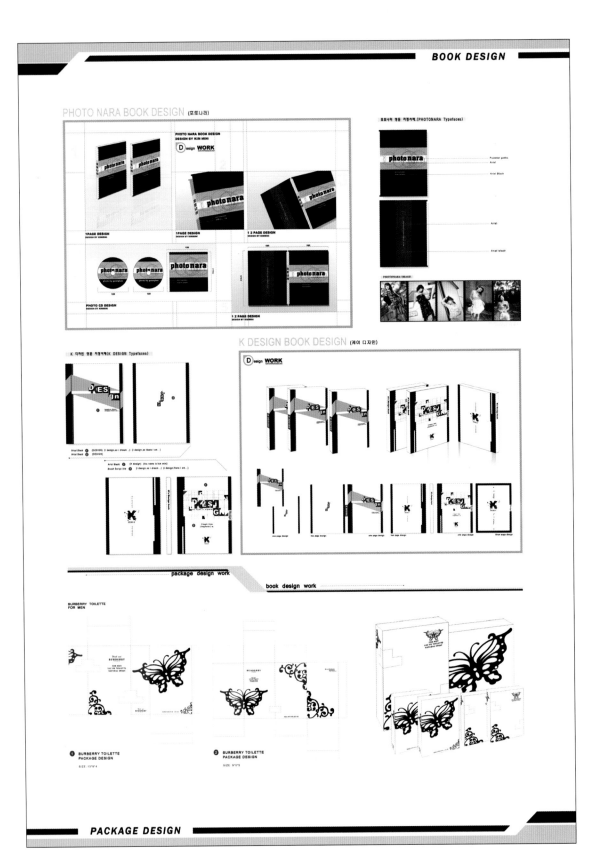

089

平面设计
入门与提高
Approaching
Plane FigureFigure
And Improvement

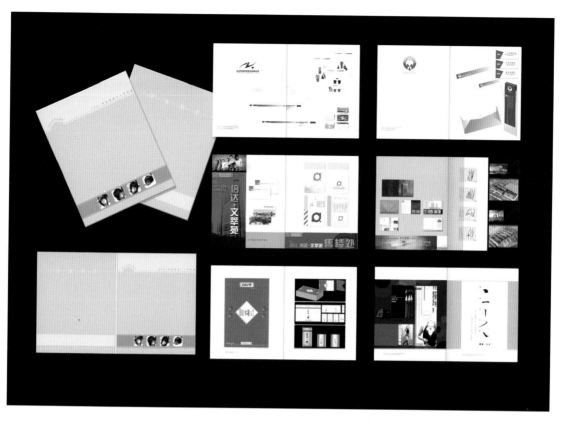

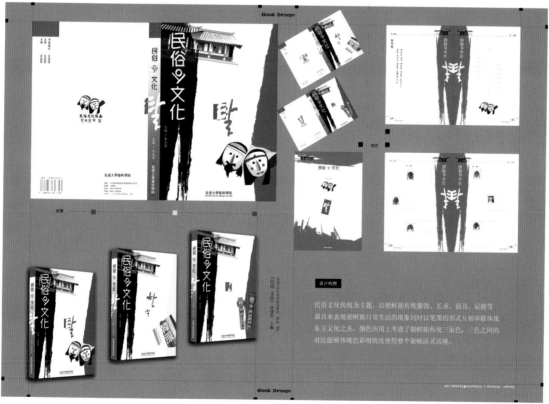

第六节 包装设计

包装设计概念：

包装设计研究的范畴非常广泛，包装设计包含材料、造型、印刷、视觉传送等诸多要素。包装设计除要遵循平面设计的基本规律以外，还要反映出商品信息、产品形象等。一个成功的包装设计能够准确地反映商品的属性和档次，并且创意独特，具有较强的视觉冲击力。从营销角度进行包装设计，必须重新认识什么是包装设计，为什么要包装设计，包装设计是为谁设计等问题。这里需要注意的是：包装设计自然是为产品的包装而设计，但是产品只是包装设计的客体，而不是主体。

包装设计的基本定位

随着全世界社会大生产的发展，市场竞争愈演愈烈，商品竞争亦是如此。同类产品的品种和生产制造者已越来越多，运营商的市场逐渐饱和，为了适应这种激烈的竞争形势，在 20 世纪 70 年代初期出现了一种以包装定位特点为设计流的新理念，它是以争取消费者为目的的包装设计。

包装设计的构图要素

包装设计的构图要素主要包括商标设计、图形设计、色彩设计、文字设计。

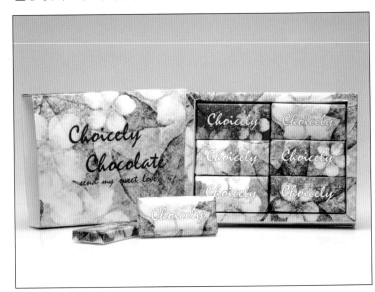

091

平面设计
入门与提高
Approaching
Plane FigureFigure
And Improvement

● 商标设计

商标是一种浓缩了企业、机构、商品等综合信息的符号，具有厚重的象征意味。商标是一项关于公益的美术，它涉及政治、经济、法制以及艺术等各个领域。商标的功能和形式决定它的特点。商标应以简洁、概括的形式向消费者传递商品的综合信息，既要在相对较小的空间里将丰富的内涵表现出来，又需要观察者在较短的时间内理解其内在的含义。商标一般可分为文字商标、图形商标、文字图形相结合商标三种形式。依据成功的商标设计，得出的理论为：商标是创意表现有机结合的产物。

创意是根据设计要求，对某种理念进行综合、分析、归纳、概括，并通过哲理性的思考，化抽象为形象，将设计概念由抽象的评议表现逐步转化为具体的形象设计。

第4章 平面设计与应用

● 图形设计

包装设计的图形以产品的形象为主，也包括其他辅助装饰形象等。图形作为设计的基本语言之一，就是要把形象内在的属性、外在的构成等因素表现出来，以视觉形象的方式把信息传达给消费者。而要达到此目的，图形设计的定位准确是非常关键的。定位的过程即是熟悉产品全部内容的过程，因此对商品的性质、商标、品名的含义及同类产品的现状等诸多因素都要加以熟悉和研究。

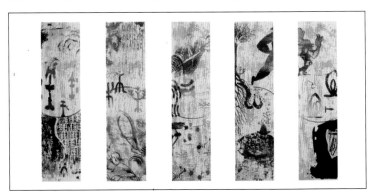

093

平面设计
入门与提高
Approaching
Plane FigureFigure
And Improvement

● 色彩设计

色彩设计在包装设计中享有重要的位置。色彩是美化和突出产品的有利因素。包装色彩的运用与整个画面设计的构思、构图紧密相联。包装色彩要求平面化、匀整化，这是对色彩过滤、提炼的高度概括。它是以人们的联想习惯和色彩规律为依据，以高度的夸张和变色为手段。同时，包装的色彩还必须受到工艺、材料、用途和销售地区制度等的限制。

C:76　M:22　Y:100　K:0

● 文字设计

文字是能传达思想、交流感情信息的载体，是表达某一主题内容的抽象符号。商品包装上的牌号、品名、说明文字、广告文字以及生产厂家、公司或经销单位等，反映了包装的本质内容。设计包装时必须把这些文字作为包装整体设计的一部分来统畴考虑。包装装潢设计中文字的设计要点有：文字内容须简明、真实、生动、易读、易记；字体设计应反映商品的特点、性质，并具备良好的识别性和审美功能，做到使用与审美相统一；文字的编排与包装的整体设计风格应和谐。

包装设计的基本任务

包装设计的基本任务是科学地、经济地完成产品包装的造型、结构和装潢设计。

● 包装造型

包装造型设计又称形体设计，大多指包装容器的造型。它运用美学原理，通过对形态、色彩等因素，利用综合手段加以变化，将经过包装具有使用功能和精美外观（审美功能）的包装容器，以视觉传达的形式表现出来。包装容器必须可靠地保护产品，必须有优良的外观，必须适应经济性。

● 包装结构

包装结构设计是从包装的保护性、方便性、复用性等基本性能和生产实际条件出发的。并且是运用科学的发展观，依据科学原理，对包装的外部和内部结构进行精密地设计之后而得到的。一个优良的结构设计，应当以有效地保护商品为首要功能；其次应考虑使用、携带、陈列、装运等的方便性；还要尽量考虑能否重复利用，能否显示内装物特性等功能。

● 包装装潢

包装装潢设计是以图案、文字、色彩、浮雕等多种艺术表现形式，以综合手段突出产品的特色和品牌形象，力求造型精巧、图案新颖、色彩明快、文字鲜明，装饰和美化产品，以促进产品的销售为目的。包装装潢是综合性的学科，既是一门实用美术，又是一门工程技术，是工艺美术与工程技术的有机结合。同时还涉及市场学、消费经济学、消费心理学及其他学科。

一款优秀的包装设计，是包装造型设计、结构设计、装潢设计三者的有机的统一，只有这样，才能充分地发挥包装设计的作用。而且，包装设计不仅涉及技术和艺术这两大学术领域，它还在各自领域内涉及许多其他相关学科。

第七节　标志设计

标志的概念

标志是现代经济的产物，它承载着企业的无形资产，是企业综合信息传递的媒介。在企业形象传递过程中，标志是应用最广泛、出镜频率最高，同时也是企业文化宣传中最关键的元素，是最主要成分。一个看似简单的标志可以涵盖很多内容，例如该企业是否具有强大的整体实力、完善的管理机制、优质的产品和服务等。只有通过标志对消费者的不断刺激和反复描述，企业文化才能深深地留在大众心中。

标志设计的基本原则

（1）在作一个标志设计之前应详尽了解设计对象的使用目的和适用范畴，要深刻领会其社会功能性及相关法律知识等情况；

（2）设计师必须充分考虑商标设计出以后实践的可行性。如应用形式、材料和制作条件、视觉传播方式等。同时还要顾及放大、缩小时的视觉效果；

（3）设计理念要符合作用对象的直观接受能力、审美意识、社会心理和禁忌；

（4）构思须慎重推敲，力求深刻、巧妙、新颖、独特，表意准确，能经受住时间的考验；

（5）构图要凝练、美观、符合审美规律；

（6）图形、符号既要简练、概括，又要讲究艺术性；

（7）色彩要单纯、强烈、醒目；

（8）遵循标志的艺术规律，创造性地探求合适的艺术表现形式和手法，锤炼出精练的艺术语言，使设计的标志具有高度的整体美感，从而获得最佳的视觉效果，是标志设计艺术追求的准则。

标志设计的表现方式

标志设计的表现手段极其丰富多样，并且随着科学的进步不断发展创新。仅举常见手段，概述如下：

097

平面设计
入门与提高

Approaching
Plane FigureFigure
And Improvement

● 视感式

采用无特殊含义的、简洁而形态独特的抽象图形、文字或符号，使组成的图案给人一种强烈的视觉冲击感、现代感和舒适感等，并由此引起人们的注意，使之难以忘怀。这种手法不靠图形含义而主要靠图形、文字或符号的视感力量。如日本五十铃公司以两个菱形为标志，李宁牌运动服将拼音字母"L"横向夸大为标志等。为使人辨明所标志的事物，这种标志往往配有少量文字，一旦人们认同这个标志，去掉文字也能辨别它。

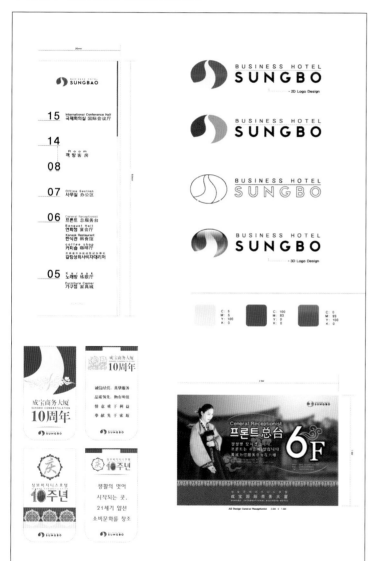

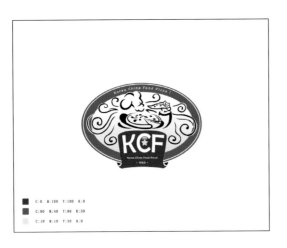

● **具象式**

对自然界或人类社会中的客观物象，将其形态经过提炼、概括和简化，把本质特征加以突出和夸张，以其最佳的图形效果作为既定标志的手法。这种形式具有易识别的特点。

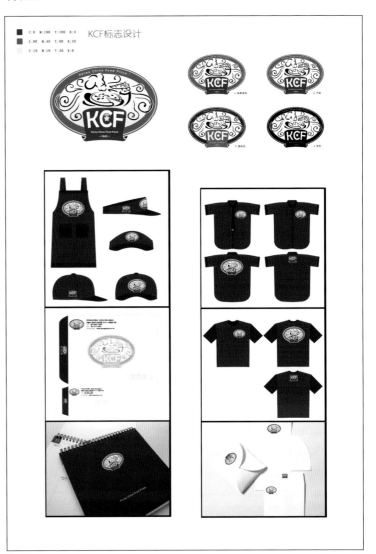

099

平面设计
入门与提高

Approaching
Plane FigureFigure
And Improvement

● 抽象式

以完全抽象的几何图形、文字或符号来表现的形式。这样的图形组合往往具有深邃的抽象含义，象征意味强，并具有神秘感。如原来联想集团的标志用方中套圆的几何图形来象征博大深远的联想空间。也可以没有深刻含义，仅表现标志的特征，如夸大英文名称（或拼音字母名称）的字头等。这种形式往往具有更强烈的现代感和符号感，便于记忆。

● 模拟式

用特性相近事物的形象模仿或比拟所标志对象特征或含义的手法。如日本全日空航空公司采用仙鹤展翅的形象比拟飞行和祥瑞，日本佐川急便车采用奔跑的人物形象比拟特快传递等。

● **寓意式**

采用影射、暗示、示意的方式把与标志含义相近似或具有寓意性的形象加以设计，以表现标志的内容和特点为主要目的。如用伞的形象暗示防潮湿，用玻璃杯的形象暗示易破碎，用箭头形象示意方向等。

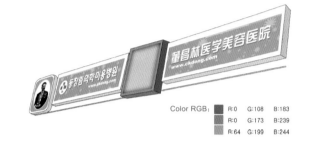

Color RGB:
R:0 G:108 B:183
R:0 G:173 B:239
R:64 G:199 B:244

第 5 章

平面设计作品欣赏

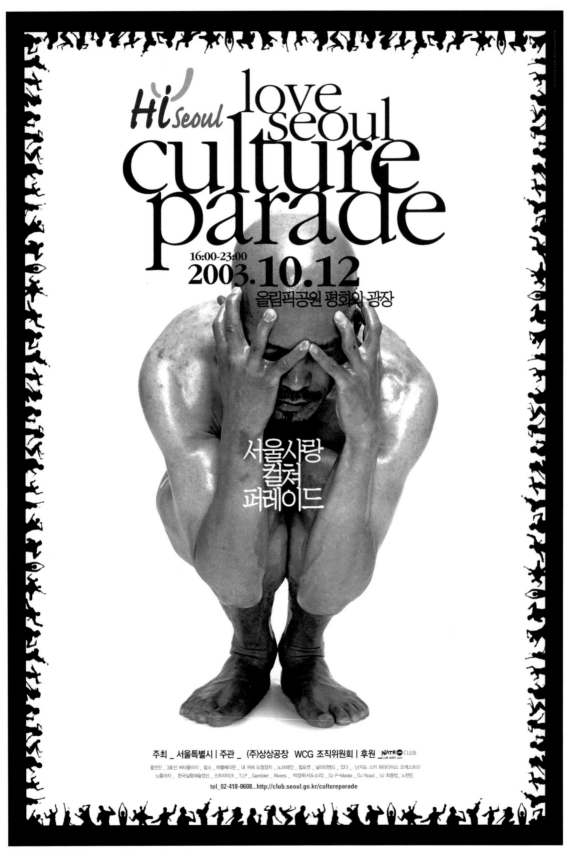

□ 高康喆 海报设计

103

平面设计
入门与提高
Approaching
Plane FigureFigure
And Improvement

□ 高康喆 海报设计

□ 高康喆 海报设计

105

平面设计
入门与提高

Approaching
Plane FigureFigure
And Improvement

□ 高康喆 海报设计

□ 高康喆 海报设计

□ 高康喆 海报设计

□ 高康喆 海报设计

□ 高康喆 海报设计

□ 高康喆 海报设计

□ 高康喆 海报设计

□ 高康喆 海报设计

109

平面设计
入门与提高
Approaching
Plane FigureFigure
And Improvement

□ 高康喆 海报设计

□ 高康喆 书籍装帧

111

平面设计
入门与提高
Approaching
Plane FigureFigure
And Improvement

□ 高康喆 书籍装帧

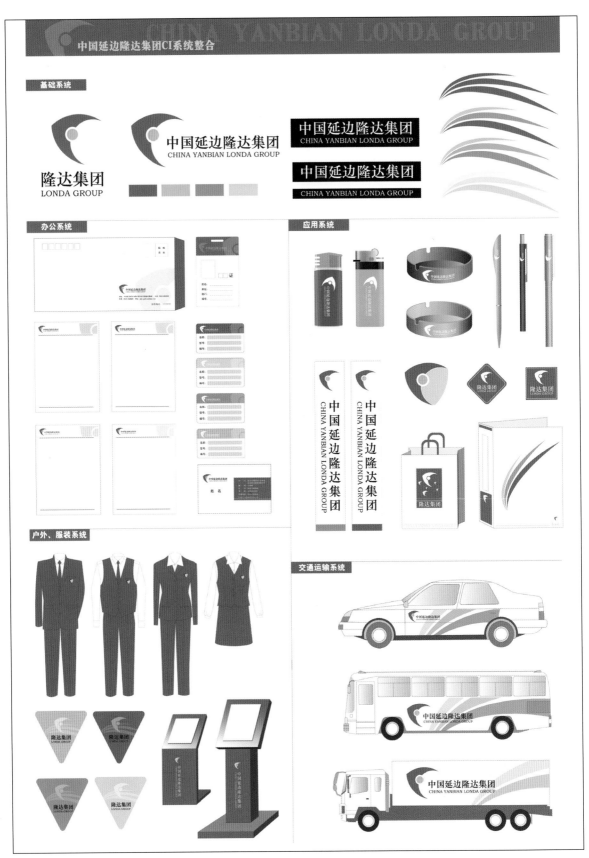

学生作品 企业形象设计

113

平面设计
入门与提高

Approaching
Plane FigureFigure
And Improvement

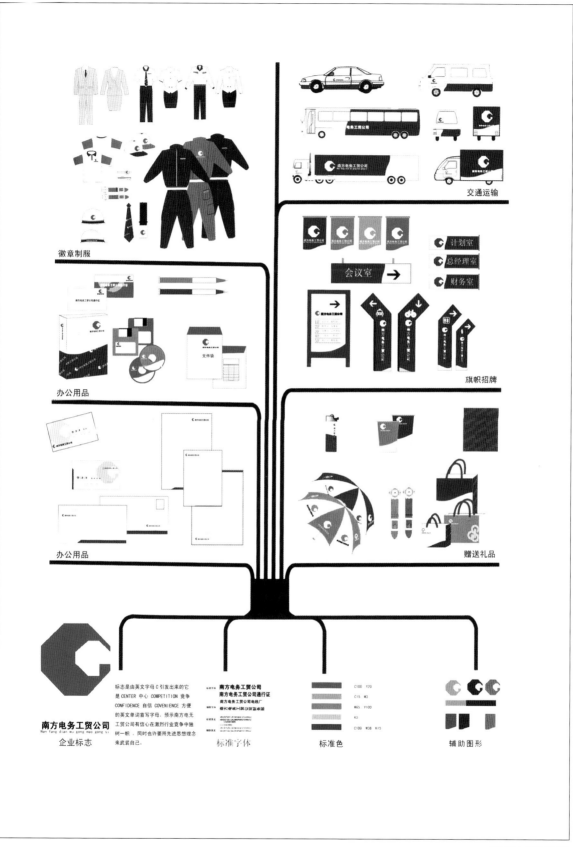

徽章制服

交通运输

办公用品

旗帜招牌

办公用品

赠送礼品

企业标志

标准字体

标准色

辅助图形

第5章 平面设计作品欣赏

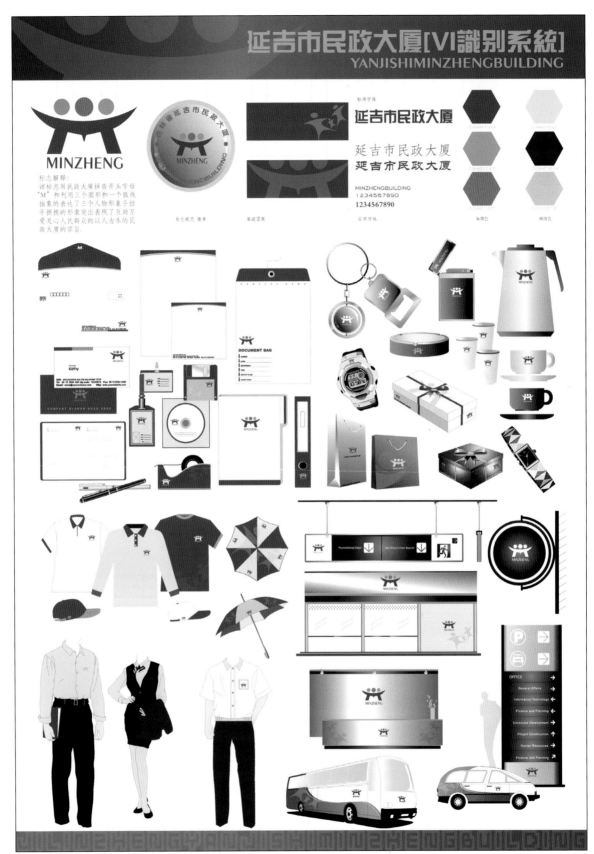

学生作品 企业形象设计

115

平面设计
入门与提高
Approaching
Plane FigureFigure
And Improvement

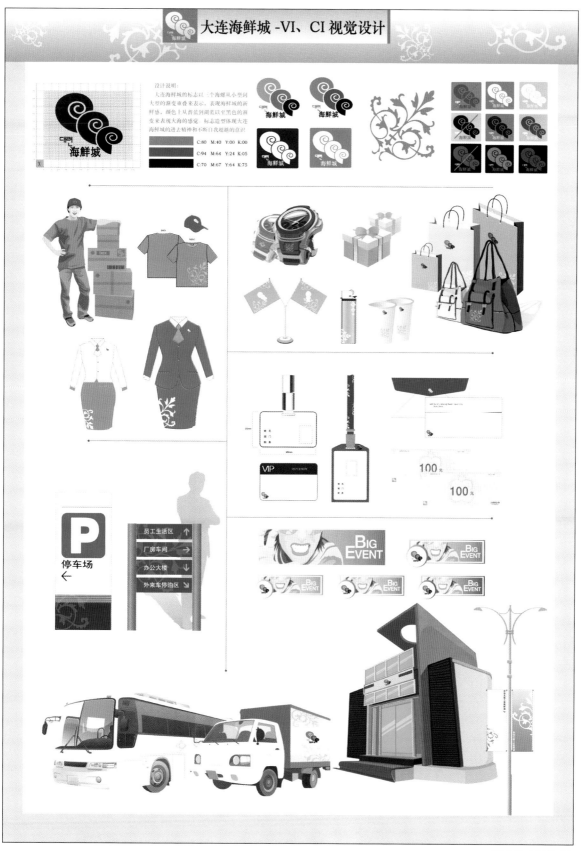

学生作品 企业形象设计

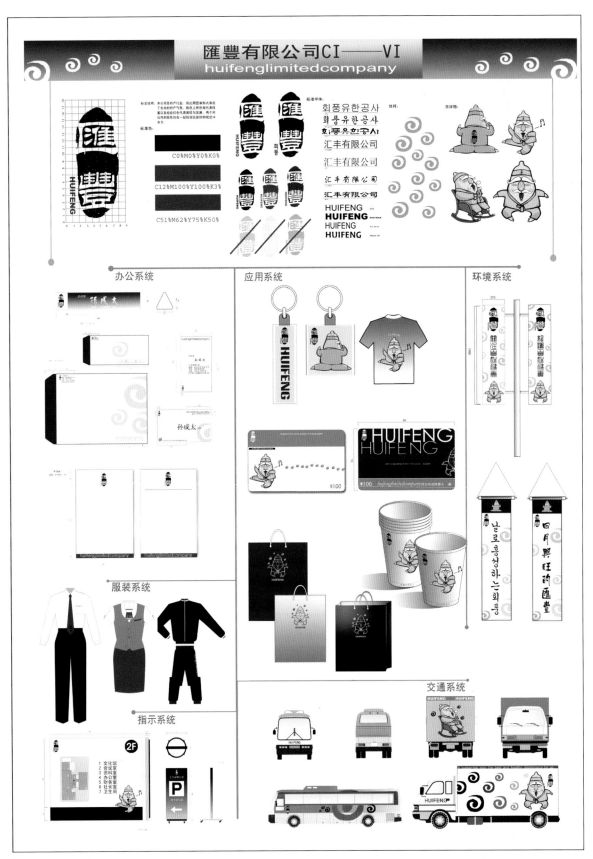

117

平面设计
入门与提高
Approaching
Plane FigureFigure
And Improvement

学生作品 包装设计

学生作品 包装设计

119

平面设计
入门与提高
Approaching
Plane FigureFigure
And Improvement

学生作品 包装设计

学生作品 包装设计

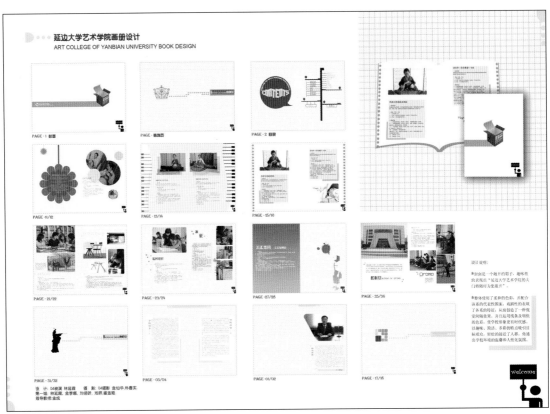

学生作品 书籍装帧设计

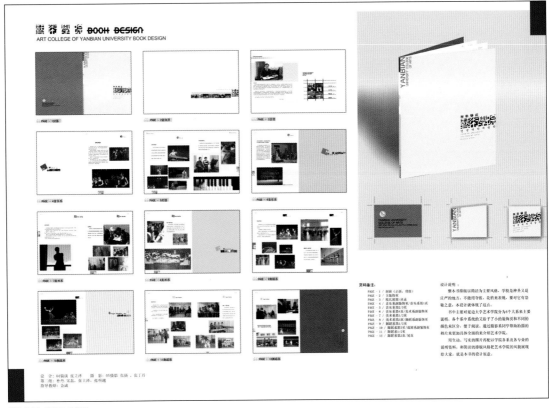

学生作品 书籍装帧设计

121

平面设计
入门与提高

Approaching
Plane FigureFigure
And Improvement

学生作品 书籍装帧设计

学生作品 书籍装帧设计

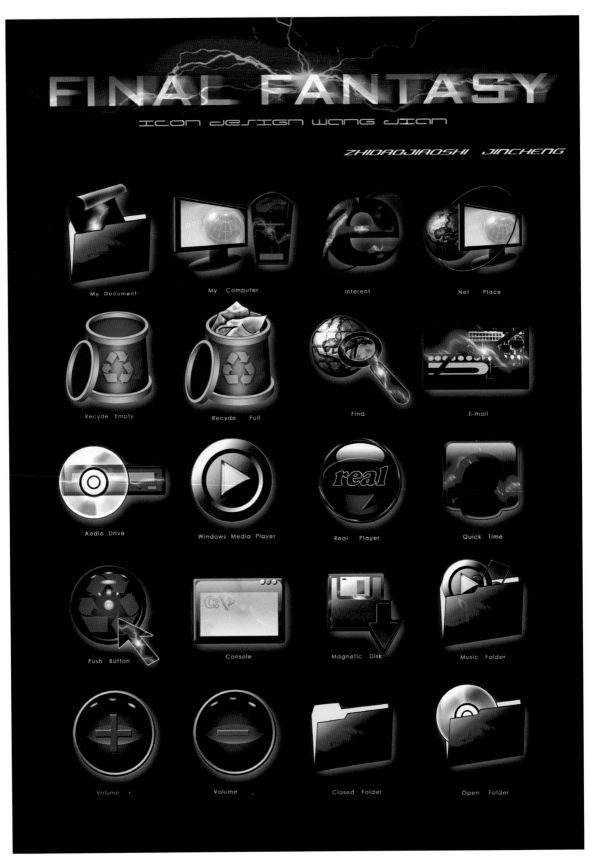

学生作品 图标设计

123

平面设计
入门与提高
Approaching
Plane FigureFigure
And Improvement

My Computer

Net Place   My Document   Internet   Recyde Empty   Recyde Full

Aodio Drive   Windows media player   E-mail   Find   Net Working

Sound File   Movie File   Music File   Text File   Image File

Open Folder   Closed Folder   Control Panel   USB Folder   Password

学生作品 图标设计

125

平面设计
入门与提高
Approaching
Plane FigureFigure
And Improvement

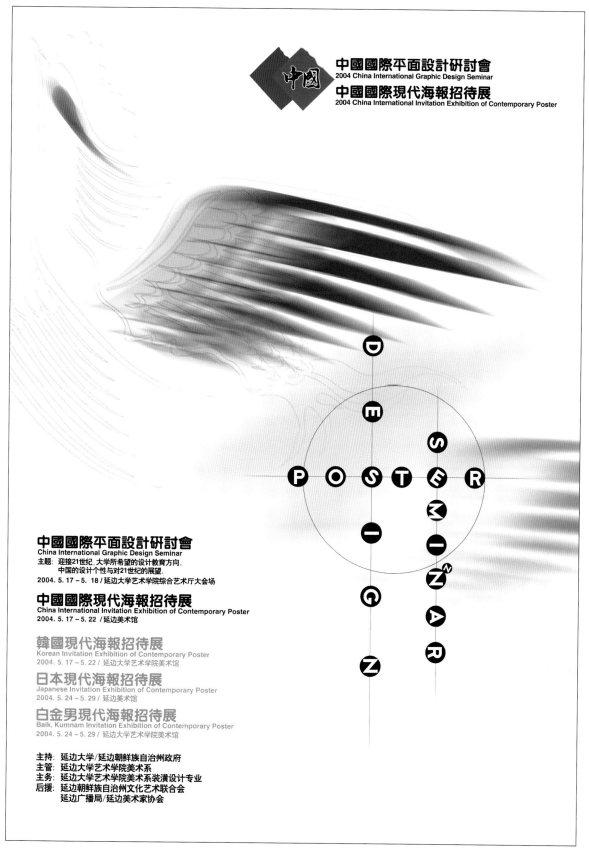

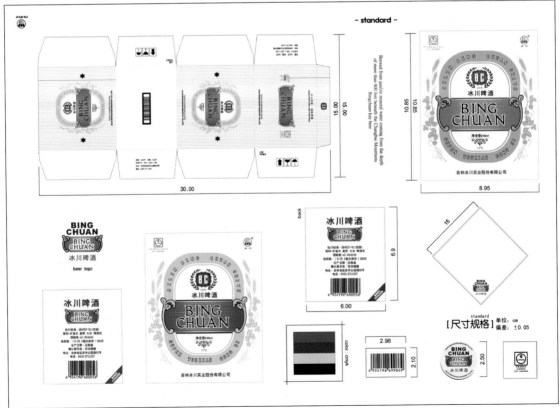

□ 金成 包装设计

责任编辑：孔庆春 王晓华
封面设计：深蓝图文

平面设计入门与提高

PINGMIAN SHEJI
RUMEN YU TIGAO

ISBN 978-7-5094-0292-4

9 787509 402924 >

定价:29.80元

PERFECTION

HOME

理想家

实景图
PERFECTION ROOM

流尖端的家居实景图

装修知识小贴士与材料注释

公 主编

客厅

中国电力出版社
www.cepp.com.cn
中国电力出版社
CHINA ELECTRIC POWER PRESS